雅读

如果我的心
是一朵莲花

林徽因

著

人民文学出版社

图书在版编目（CIP）数据

如果我的心是一朵莲花/林徽因著．—北京：人民文学出版社，2022
（雅读）
ISBN 978-7-02-012229-5

Ⅰ.①如… Ⅱ.①林… Ⅲ.①诗集—中国—现代 ②散文集—中国—现代 Ⅳ.①I216.2

中国版本图书馆CIP数据核字（2021）第239008号

责任编辑　李玉俐
装帧设计　刘　远
责任印制　任　祎

出版发行　人民文学出版社
社　　址　北京市朝内大街166号
邮政编码　100705

印　　刷　三河市宏盛印务有限公司
经　　销　全国新华书店等

字　　数　124千字
开　　本　787毫米×1092毫米　1/32
印　　张　10.25　插页2
印　　数　1—6000
版　　次　2022年1月北京第1版
印　　次　2022年1月第1次印刷

书　　号　978-7-02-012229-5
定　　价　40.00元

如有印装质量问题，请与本社图书销售中心调换。电话：010-65233595

目 录

诗 歌

3 "谁爱这不息的变幻"

5 那一晚

7 仍然

9 激昂

11 笑

13 深夜里听到乐声

15 情愿

17 一首桃花

19 莲灯

21 中夜钟声

23 山中一个夏夜

25 秋天,这秋天

30　年关

33　你是人间的四月天

35　忆

37　灵感

39　深笑

41　别丢掉

43　雨后天

44　记忆

46　静院

50　无题

52　题剔空菩提叶

54　黄昏过泰山

55　昼梦

58　八月的忧愁

60　冥思

62　空想

63　藤花前

65　旅途中

67　红叶里的信念

74	山中
76	静坐
77	十月独行
79	看叶子
80	时间
81	古城春景
83	去春
84	除夕看花
86	春天田里漫步
88	给秋天
90	人生
92	昆明即景
96	一串疯话
97	小诗（一）
99	小诗（二）
100	恶劣的心绪
102	写给我的大姊
104	一天

105 对残枝

106 对北门街园子

107 十一月的小村

109 哭三弟恒

113 桥

116 古城黄昏

118 破晓

散 文

121 悼志摩

133 山西通信

137 窗子以外

149 纪念志摩去世四周年

158 蛛丝和梅花

163 彼此

170 惟其是脆嫩

174 第一幕

180 究竟怎么一回事

187 闲谈关于古代建筑的一点消息

　　（附 梁思成君通讯四则）

197 和平礼物

203 我们的首都

小 说

235 九十九度中

264 绣绣

书 信

283 致胡适（一九三二年六月十四日）

286 致费慰梅、费正清（一九三六年一月四日）

288 致费慰梅、费正清（一九四〇年九月二十日）

294 致费慰梅、费正清（一九四一年八月十一日）

297 致沈从文（一九三四年二月二十七日）

303 致沈从文（一九三七年十一月九日至十日）

307 致张兆和（一九四九年一月三十日）

310 致梁思庄（一九三六年夏）

312　致梁再冰（一九三七年七月）

316　致梁再冰（一九四一年六月）

317　致梁思成信（一九五三年三月十七日）

诗 歌

"谁爱这不息的变幻"

谁爱这不息的变幻,她的行径?
　催一阵急雨,抹一天云霞,月亮,
　星光,日影,在在都是她的花样,
更不容峰峦与江海偷一刻安定。
骄傲的,她奉着那荒唐的使命:
　看花放蕊树凋零,娇娃做了娘;
　叫河流凝成冰雪,天地变了相;
都市喧哗,再寂成广漠的夜静!
　虽说千万年在她掌握中操纵,
她不曾遗忘一丝毫发的卑微。
难怪她笑永恒是人们造的谎,
　来抚慰恋爱的消失,死亡的痛。

但谁又能参透这幻化的轮回,

谁又大胆的爱过这伟大的变幻?

　　　　　　　　香山　四月十二日

那一晚

那一晚我的船推出了河心,
澄蓝的天上托着密密的星。
那一晚你的手牵着我的手,
迷惘的星夜封锁起重愁。
那一晚你和我分定了方向,
两人各认取个生活的模样。

到如今我的船仍然在海面飘,
细弱的桅杆常在风涛里摇。
到如今太阳只在我背后徘徊,
层层的阴影留守在我周围。
到如今我还记着那一晚的天,

星光、眼泪、白茫茫的江边!
到如今我还想念你岸上的耕种:
红花儿黄花儿朵朵的生动。

那一天我希望要走到了顶层,
蜜一般酿出那记忆的滋润。
那一天我要挎上带羽翼的箭,
望着你花园里射一个满弦。
那一天你要听到鸟般的歌唱,
那便是我静候着你的赞赏。
那一天你要看到零乱的花影,
那便是我私闯入当年的边境!

仍 然

你舒伸得像一湖水向着晴空里
白云,又像是一流冷涧澄清
许我循着林岸穷究你的泉源:
我却仍然怀抱着百般的疑心
对你的每一个映影!

你展开像个千瓣的花朵!
鲜妍是你的每一瓣,更有芳沁,
那温存袭人的花气,伴着晚凉:
我说花儿,这正是春的捉弄人,
来偷取人们的痴情!

你又学叶叶的书篇随风吹展,
揭示你的每一个深思；每一角心境,
你的眼睛望着,我,不断的在说话：
我却仍然没有回答,一片的沉静
永远守住我的魂灵。

激 昂

我要借这一时的豪放
和从容,灵魂清醒的
再喝一泉甘甜的鲜露,
来挥动思想的利剑,
舞它那一瞥最敏锐的
锋芒,像皑皑塞野的雪
在月的寒光下闪映,
喷吐冷激的辉艳;——斩,
斩断这时间的缠绵,
和猥琐网布的纠纷,
剖取一个无瑕的透明,
看一次你,纯美,

你的裸露的庄严。

……

  然后踩登

任一座高峰，攀牵着白云

和锦样的霞光，跨一条

长虹，瞰临着澎湃的海，

在一穹匀净的澄蓝里，

书写我的惊讶与欢欣，

献出我最热的一滴眼泪，

我的信仰，至诚，和爱的力量，

永远膜拜，

膜拜在你美的面前！

五月，香山

笑

笑的是她的眼睛，口唇，

和唇边浑圆的漩涡。

艳丽如同露珠，

朵朵的笑向

贝齿的闪光里躲。

那是笑——神的笑，美的笑：

水的映影，风的轻歌。

笑的是她惺松的鬒发

散乱的挨着她耳朵。

轻软如同花影，

痒痒的甜蜜

涌进了你的心窝。

那是笑——诗的笑，画的笑：

云的留痕，浪的柔波。

深夜里听到乐声

这一定又是你的手指,

轻弹着,

在这深夜,稠密的悲思。

我不禁颊边泛上了红,

静听着,

这深夜里弦子的生动。

一声听从我心底穿过,

忒凄凉

我懂得,但我怎能应和?

生命早描定她的式样,

太薄弱

是人们的美丽的想象。

除非在梦里有这么一天,

你和我

同来攀动那根希望的弦。

情　愿

我情愿化成一片落叶,
让风吹雨打到处飘零;
或流云一朵,在澄蓝天,
和大地再没有些牵连。

但抱紧那伤心的标帜,
去触遇没着落的怅惘;
在黄昏,夜半,蹑着脚走,
全是空虚,再莫有温柔;

忘掉曾有这世界;有你;
哀悼谁又曾有过爱恋;

落花似的落尽，忘了去
这些个泪点里的情绪。

到那天一切都不存留，
比一闪光，一息风更少
痕迹，你也要忘掉了我
曾经在这世界里活过。

一首桃花

桃花,

那一树的嫣红,

像是春说的一句话:

朵朵露凝的娇艳,

是一些

玲珑的字眼,

一瓣瓣的光致,

又是些

柔的匀的吐息;

含着笑,

在有意无意间

生姿的顾盼。

看，——

那一颤动在微风里

她又留下，淡淡的，

在三月的薄唇边，

一瞥，

一瞥多情的痕迹！

       二十年五月，香山

莲 灯

如果我的心是一朵莲花,
正中擎出一支点亮的蜡,
荧荧虽则单是那一剪光,
我也要它骄傲的捧出辉煌;
不怕它只是我个人的莲灯
照不见前后崎岖的人生——
浮沉它依附着人海的浪涛
明暗自成了它内心的秘奥。
单是那光一闪花一朵——
像一叶轻舸驶出了江河——
宛转它漂随命运的波涌
等候那阵阵风向远处推送。

算做一次过客在宇宙里，

认识这玲珑的生从容的死，

这飘忽的途程也就是个——

也就是个美丽美丽的梦。

廿一年七月半，香山

中夜钟声

钟声

 敛住又敲散

  一街的荒凉

听——

 那圆的一颗颗声响

 直沉下时间

    静寂的

     咽喉。

 像哭泣,

 像哀恸,

将这僵黑的

中夜

葬入

　　　那永不见曙星的

　　　　空洞——

轻——重，……

——重——轻……

这摇曳的一声声，

　　又凭谁的主意

　　把那余剩的忧惶

随着风冷——

　　纷纷

　　　掷给还不成梦的

　　　　　人。

山中一个夏夜

山中有一个夏夜,深得

像没有底一样;

黑影,松林密密的;

周围没有点光亮。

  对山闪着只一盏灯——两盏

  像夜的眼,夜的眼在看!

满山的风全蹑着脚

像是走路一样

躲过了各处的枝叶

各处的草,不响。

  单是流水,不断的在山谷上

　　　　石头的心,石头的口在唱。

均匀的一片静,罩下
　　像张软垂的幔帐。
　　疑问不见了,四角里
　　模糊,是梦在窥探?
　　　　　　夜像在诉祷,无声的在期望,
　　　　　　幽馥的虔诚在无声里布漫。

秋天，这秋天

这是秋天，秋天，——
风还该是温软；
太阳仍笑着那微笑，
闪着金银；夸耀
他实在无多了的
最奢侈的早晚！
这里那里，在这秋天，
斑彩错置到各处
山野，和枝叶中间，
像醉了的蝴蝶，或是
珊瑚珠翠，华贵的失散，
缤纷降落到地面上。

这时候心得像歌曲；
由山泉的水光里闪动，
浮出珠沫，溅开
山石的喉嗓唱。
这时候满腔的热情
全是你的，秋天懂得，
秋天懂得那狂放，——
秋天爱的是那不经意
不经意的零乱！

但是秋天，这秋天，
他撑着梦一般的喜筵，
不为的是你的欢欣：
他撒开手，一掬缨络，
一把落花似的幻变，
还为的是那不定的
悲哀，归根儿蒂结住
在这人生的中心！

一阵萧萧的风,起自

昨夜西窗的外沿,

摇着梧桐树哭。——

起始你怀疑着:

荷叶还没有残败;

小划子停在水流中间;

夏夜的细语,夹着虫鸣,

还信得过仍然偎着

耳朵旁温甜;

但是梧桐叶带来桂花香,

已打到灯盏的光前。

一切都两样了,他闪一闪说,

只要一夜的风,一夜的幻变。

冷雾迷住我的两眼,

在这样的深秋里,

你又同谁争?现实的背面

是不是现实,荒诞的,

果属不可信的虚妄?
疑问抵不住单简的残酷,
再别要悯惜流血的哀惶,
趁一次里,要认清
造物更是摧毁的工匠。
信仰只一细柱香,
那点子亮再经不起西风
沙沙的隔着梧桐树吹!
如果你忘不掉,忘不掉
那同听过的鸟啼;
同看过的花好,信仰
该在过往的中间安睡。……
秋天的骄傲是果实,
不是萌芽,——生命不容你
不献出你积累的馨芳;
交出受过光热的每一层颜色;
点点沥尽你最难堪的酸怆。

　　　　　　　　这时候,

切不用哭泣；或是呼唤；

更用不着闭上眼祈祷；

(向着将来的将来空等盼)；

只要低低的，在静里，低下去

已困倦的头来承受，——承受

这叶落了的秋天，

听风扯紧了弦索自歌挽：

这秋，这夜，这惨的变换！

       二十二年十一月中旬

年　关

那里来，又向那里去，

这不断，不断的行人，

奔波杂遝的，这车马？

红的灯光，绿的紫的，

织成了这可怕，还是

可爱的夜？高的楼影

渺茫天上，都象征些

什么现象？这嘈聒中

为什么又凝着这沉静，

这热闹里，会是凄凉？

这是年关，年关，有人

由街头走着，估计着，
孤零的影子斜映着。
一年，又是一年辛苦，
一盘子算珠的艰和难。
日中你敛住气，夜里
你喘，一条街，一条街，
跟着太阳灯光往返，——
人和人，好比水在流，
人是水，两旁楼是山！

一年，一年，
连年里，这穿过城市
胸腑的辛苦，成千万，
成千万人流的血汗，
才会造成了像今夜
这神奇可怕的灿烂！
看，街心里横一道影
灯盏上开着血印的花

夜在凉雾和尘沙中

进展，展进，许多口里

在喘着年关，年关……

        二十三年废历除夕

你是人间的四月天

——一句爱的赞颂

我说你是人间的四月天；
笑响点亮了四面风；轻灵
在春的光艳中交舞着变。

你是四月早天里的云烟，
黄昏吹着风的软，星子在
无意中闪，细雨点洒在花前。

那轻，那娉婷，你是，鲜妍
百花的冠冕你戴着，你是
天真，庄严，你是夜夜的月圆。

雪化后那片鹅黄,你像;新鲜
初放芽的绿,你是;柔嫩喜悦
水光浮动着你梦期待中白莲。

你是一树一树的花开,是燕
在梁间呢喃,——你是爱,是暖,
是希望,你是人间的四月天!

忆

新年等在窗外,一缕香,
枝上刚放出一半朵红。
心在转,你曾说过的
几句话,白鸽似的盘旋。

我不曾忘,也不能忘
那天的天澄清的透蓝,
太阳带点暖,斜照在
每棵树梢头,像凤凰。

是你在笑,仰脸望,
多少勇敢话那天,你我

全说了，——像张风筝

向蓝穹，凭一线力量。

二十二年年岁终

灵　感

是你，是花，是梦，打这儿过，

此刻像风在摇动着我：

告诉日子重叠盘盘的山窝；

清泉潺潺流动转狂放的河；

孤僻林里闲开着鲜妍花，

细香常伴着圆月静天里挂；

且有神仙纷纭的浮出紫烟，

衫裾飘忽映影在山溪前；

给人的理想和理想上

铺香花，叫人心和心合着唱；

直到灵魂舒展成条银河，

长长流在天上一千首歌！

是你，是花，是梦，打这里儿过，

此刻像风，在摇动着我；

告诉日子是这样的不清醒；

当中偏响着想不到的一串铃。

树枝里轻声摇曳；金镶上翠，

低了头的斜阳，又一抹光辉。

难怪阶前人忘掉黄昏，脚下草，

高阁古松，望着天上点骄傲，

留下檀香，木鱼，合掌

在神龛前，在蒲团上，

楼外又楼外，幻想彩霞却缀成

凤凰栏杆，挂起了塔顶上灯！

二十四年十月徽因作于北平

深　笑

是谁笑得那样甜,那样深,

那样圆转?一串一串明珠

大小闪着光亮,迸出天真!

清泉底浮动,泛流到水面上,

　灿烂,

分散!

是谁笑得好花儿开了一朵?

那样轻盈,不惊起谁。

细香无意中,随着风过,

拂在短墙,丝丝在斜阳前

　挂着

留恋。

是谁笑成这百层塔高耸,
让不知名鸟雀来盘旋?是谁
笑成这万千个风铃的转动,
从每一层琉璃的檐边
　　摇上
云天?

别 丢 掉

别丢掉

这一把过往的热情,

现在流水似的,

轻轻

在幽冷的山泉底,

在黑夜,在松林,

叹息似的渺茫,

你仍要保存着那真!

一样是月明,

一样是隔山灯火,

满天的星,

只使人不见,

梦似的挂起,

你问黑夜要回

那一句话——你仍得相信

山谷中留着

有那回音!

二十一年夏

雨 后 天

我爱这雨后天,

这平原的青草一片!

我的心没底止的跟着风吹,

风吹:

吹远了草香,落叶,

吹远了一缕云,像烟——

像烟。

二十一年十月一日

记　忆

断续的曲子，最美或最温柔的

夜，带着一天的星。

记忆的梗上，谁不有

两三朵娉婷，披着情绪的花

无名的展开

野荷的香馥，

每一瓣静处的月明。

湖上风吹过，额发乱了，或是

水面皱起像鱼鳞的锦。

四面里的辽阔，如同梦

荡漾着中心彷徨的过往

不着痕迹,谁都

认识那图画,

沉在水底记忆的倒影!

       二十五年二月

静　院

你说这院子深深的——

美从不是现成的。

这一掬静,

到了夜,你算,

就需要多少铺张?

月圆了残,叫卖声远了,

隔过老杨柳,一道墙,又转,

初一?凑巧谁又在烧香,……

离离落落的满院子,

不定是神仙走过,

仅是迷惘,像梦,……

窗槛外或者是暗的,

或透那么一点灯火。

这掬静,院子深深的
——有人也叫它做情绪——
情绪,好,你指点看
有不有轻风,轻得那样
没有声响,吹着凉?
黑的屋脊,自己的,人家的,
兽似的背耸着,又像
寂寞在嘶声的喊!
石阶,尽管沉默,你数,
多少层下去,下去,
是不是还得栏杆,斜斜的
双树的影去支撑?

对了,角落里边
还得有人低着头脸。
会忘掉又会记起,——会想,

——那不论——或者是

船去了,一片水,或是

小曲子唱得嘹亮;

或是枝头粉黄一朵,

记不得谁了,又向谁认错!

又是多少年前,——夏夜,

有人说:

"今夜,天,……"(也许是秋夜)

又穿过藤萝,

指着一边,小声的,"你看,

星子真多!"

草上人描着影子;

那样点头,走,

又有人笑,……

静,真的,你可相信

这平铺的一片——

不单是月光,星河,

雪和萤虫也远——

夜,情绪,进展的音乐,

如果慢弹的手指

能轻似蝉翼,

你拆开来看,纷纭,

那玄微的细网

怎样深沉的拢住天地,

又怎样交织成

这细致飘渺的彷徨!

二十五年,一月

雅读

无 题

什么时候再能有

那一片静；

溶溶在春风中立着，

面对着山，面对着小河流？

什么时候还能那样

满掬着希望；

披拂新绿，耳语似的诗思，

登上城楼，更听那一声钟响？

什么时候，又什么时候，心

才真能懂得

这时间的距离；山河的年岁；

昨天的静，钟声，

昨天的人

怎样又在今天里划下一道影！

二十五年春四月

题剔空菩提叶

认得这透明体,

智慧的叶子掉在人间?

消沉,慈静——

那一天一闪冷焰,

一叶无声的坠地,

仅证明了智慧寂寞

孤零的终会死在风前!

昨天又昨天,美

还逃不出时间的威严;

相信这里睡眠着最美丽的

骸骨,一丝魂魄月边留恋,——

....

菩提树下清荫则是去年!

二十五年四月二十三日

雅读

黄昏过泰山

记得那天

心同一条长河,

让黄昏来临,

月一片挂在胸襟。

如同这青黛山,

今天,

心是孤傲的屏障一面;

葱郁,

不忘却晚霞,

苍莽,

却听脚下风起,

来了夜——

昼　梦

昼梦

垂着纱,

无从追寻那开始的情绪

还未曾开花;

柔韧得像一根

乳白色的茎,缠住

纱帐下;银光

有时映亮,去了又来;

盘盘丝路

一半失落在梦外。

花竟开了,开了;

零落的攒集,

从容的舒展,

一朵,那千百瓣!

抖擞那不可言喻的

刹那情绪,

庄严峰顶——

天上一颗星……

　　　晕紫,深赤,

天空外旷碧,

是颜色同颜色浮溢,腾飞……

深沉,

又凝定——

悄然香馥,

袅娜一片静。

昼梦

垂着纱,

无从追踪的情绪

开了花；

四下里香深，

低覆着禅寂，

间或游丝似的摇移，

悠忽一重影；

悲哀或不悲哀

全是无名，

一闪娉婷。

二十五年暑中北平

雅读

八月的忧愁

黄水塘里游着白鸭,

高粱梗油青的刚高过头,

这跳动的心怎样安插,

田里一窄条路,八月里这忧愁?

天是昨夜雨洗过的,山岗

照着太阳又留一片影;

羊跟着放羊的转进村庄,

一大棵树荫下罩着井,又像是心!

从没有人说过八月甚么话,

夏天过去了,也不到秋天。

但我望着田垄,土墙上的瓜,

仍不明白生活同梦怎样底连牵。

二十五年夏末

冥　思

心此刻同沙漠一样平，

思想像孤独的一个阿拉伯人；

仰脸孤独的向天际望

落日远边奇异的霞光，

安静的，又侧个耳朵听

远处一串骆驼的归铃。

在这白色的周遭中，

一切像凝冻的雕形不动：

白袍，腰刀，长长的头巾，

浪似的云天，沙漠上风！

偶有一点子振荡闪过天线,

残霞边一颗星子出现。

                    二十五年夏末

空　想

终日的企盼企盼正无着落，——
太阳穿窗棂影，种种花样。
暮秋梦远，一首诗似的寂寞，
真怕看光影，花般洒在满墙。

日子悄悄的仅按沉吟的节奏，
尽打动简单曲，像钟摇响。
不是光不流动，花瓣子不点缀时候，
是心漏却忍耐，厌烦了这空想！

藤花前

——独过静心斋

紫藤花开了

轻轻的放着香,

没有人知道……

紫藤花开了

轻轻的放着香,

没有人知道。

楼不管,曲廊不作声,

蓝天里白云行去,

池子一脉静;

水面散着浮萍,

水底下挂着倒影。

紫藤花开了
没有人知道！
蓝天里白云行去，
小院，
无意中我走到花前。
轻香，风吹过
花心，
风吹过我，——
望着无语，紫色点。

旅 途 中

我卷起一个包袱走,

过一个山坡子松,

又走过一个小庙门,

在早晨最早的一阵风中。

我心里没有埋怨,人或是神;

天底下的烦恼,连我的

拢总,

像已交给谁去,……

前面天空。

山中水那样清,

山前桥那么白净,——

我不知道造物者认不认得

自己图画；

乡下人的笠帽，草鞋，

乡下人的性情。

    暑中在山东乡间步行　二十五年夏

红叶里的信念

年年不是要看西山的红叶,
谁敢看西山红叶?不是
要听异样的鸟鸣,停在
那一个静幽的树枝头,
是脚步不能自已的走——
走,迈向理想的山坳子
寻觅从未曾寻着的梦:
一茎梦里的花,一种香,
斜阳四处挂着,风吹动,
转过白云,小小一角高楼。

钟声已在脚下,松同松

并立着等候,山野已然

百般渲染豪侈的深秋。

梦在那里,你的一缕笑,

一句话,在云浪中寻遍

不知落到那一处?流水已经

渐渐的清寒,载着落叶

穿过空的石桥,白栏杆,

叫人不忍再看,红叶去年

同踏过的脚迹火一般。

好,抬头,这是高处,心卷起

随着那白云浮过苍茫,

别计算在那里驻脚,去,

相信千里外还有霞光,

像希望,记得那烟霞颜色,

就不为编织美丽的明天,

为此刻空的歌唱,空的

凄恻,空的缠绵,也该放

多一点勇敢,不怕连牵

斑驳金银般旧积的创伤!

再看红叶每年,山重复的
流血,山林,石头的心胸
从不倚借梦支撑,夜夜
风像利刃削过大土壤,
天亮时沉默焦灼的唇,
忍耐的仍向天蓝,呼唤
瓜果风霜中完成,呈光彩,
自己山头流血,变坟台!
平静,我的脚步,慢点儿去,
别相信谁曾安排下梦来!
一路上枯枝,鸟不曾唱,
小野草香风早不是春天。
停下!停下!风同云,水同
水藻全叫住我,说梦在
背后,蝴蝶秋千理想的
山坳同这当前现实的

石头子路还缺个牵连!
愈是山中奇妍的黄月光
挂出树尖,愈得相信梦,
梦里斜晖一茎花是谎!

但心不信!空虚的骄傲
秋风中旋转,心仍叫喊
理想的爱和美,同白云
角逐;同斜阳笑吻;同树,
同花,同香,乃至同秋虫
石隙中悲鸣,要携手去;
同奔跃嬉游水面的青蛙,
盲目的再去寻盲目日子,——
要现实的热情另涂图画,
要把满山红叶采作花!

这萧萧瑟瑟不断的呜咽,
掠过耳鬓也还卷着温存,

影子在秋光中摇曳,心再
不信光影外有串疑问!
心仍不信,只因是午后,
那片竹林子阳光穿过
照暖了石头,赤红小山坡,
影子长长两条,你同我
曾经参差那亭子石路前,
浅碧波光老树干旁边!

生命中的谎再不能比这把
颜色更鲜艳!记得那一片
黄金天,珊瑚般玲珑叶子
秋风里挂,即使自己感觉
内心流血,又怎样个说话?
谁能问这美丽的后面
是什么?赌博时,眼闪亮,
从不悔那猛上孤注的力量;
都说任何苦痛去换任何一分,

一毫,一个纤微的理想!

所以脚步此刻仍在迈进,
不能自已,不能停!虽然山中,
一万种颜色,一万次的变,
各种寂寞已环抱着孤影;
热的减成微温,温的又冷,
焦黄叶压踏在脚下碎裂,
残酷地散排昨天的细屑,
心却仍不问脚步为甚固执,
那寻不着的梦中路线,——
仍依恋指不出方向的一边!

西山,我发誓底,指着西山,
别忘记,今天你,我,红叶,
连成这一片血色的伤怆!
知道我的日子仅是匆促的
几天,如果明年你同红叶

再红成火焰,我却不见,……

深紫,你山头须要多添

一缕抑郁热情的象征,

记下我曾为这山中红叶,

今天流血地存一堆信念!

山　中

紫色山头抱住红叶，将自己影射在山前，
人在小石桥上走过，渺小的追一点子想念。
高峰外云在深蓝天里镶白银色的光转，
用不着桥下黄叶，人在泉边，才记起夏天！

也不因一个人孤独的走路，路更蜿蜒，
短白墙房舍像画，仍画在山坳另一面，
只这丹红叶叶替代人记忆失落的层翠，
深浅围抱这同一个山头，惆怅如薄层烟。

山中斜长条青影，如今红萝乱在四面，
百万落叶火焰在寻觅山石荆草边，

当时黄月下共坐天真的青年人情话，相信

那三两句长短，星子般仍挂秋风里不变。

        廿五年秋

静　坐

冬有冬的来意,

寒冷像花,——

花有花香,冬有回忆一把。

一条枯枝影,青烟色的瘦细,

在午后的窗前拖过一笔画;

寒里日光淡了,渐斜……

就是那样底

像待客人说话

我在静沉中默啜着茶。

二十五年冬十一月

十月独行

像个灵魂失落在街边,

我望着十月天上十月的脸,

我向雾里黑影上涂热情

悄悄的看一团流动的月圆。

我也看人流着流着过去,来回

黑影中冲着波浪翻星点

我数桥上栏杆龙样头尾

像坐一条寂寞船,自己拉纤。

我像哭,像自语,我更自己抱歉!

自己焦心,同情,一把心紧似琴弦,——
我说哑的,哑的琴我知道,一出曲子
未唱,幻望的手指终未来在上面?

看 叶 子

红红的叶子,又到了秋天
我纵知道自己想念,
我却画不出心里的方向——
我疑心你已变了模样!

黄黄的叶子像火烧焦;
我听到隔墙有人摇落笑,
我拾起这偶来的别人欣喜,
惋惜底保存在自己眼泪里。

时　间

人间的季候永远不断在转变
春时你留下多处残红,翩然辞别,
本不想回来时同谁叹息秋天!

现在连秋云黄叶又已失落去
辽远里,剩下灰色的长空一片
透彻的寂寞,你忍听冷风独语?

古城春景

时代把握不住时代自己的烦恼,——
轻率的不满,就不叫它这时代牢骚——
偏又流成愤怨,聚一堆黑色的浓烟
喷出烟囱,那矗立的新观念,在古城楼对面!

怪得这嫩灰色一片,带疑问的春天
要泥黄色风沙,顺着白洋灰街沿,
再低着头去寻觅那已失落了的浪漫
到蓝布棉帘子,万字栏杆,仍上老店铺门槛?

寻去,不必有新奇的新发现,旧有保障
即使古老些,需要翡翠色甘蔗做拐杖

来支撑城墙下小果摊，那红鲜的冰糖葫芦仍然光耀，串串如同旧珊瑚，还不怕新时代的尘土。

二十六年春　北平

去 春

不过是去年的春天,花香,

红白的相间着一条小曲径,

在今天这苍白的下午,再一次登山

回头看,小山前一片松风

就吹成长长的距离,在自己身旁。

人去时,孔雀绿的园门,白丁香花,

相伴着动人的细致,在此时,

又一次湖冰将解的季候,已全变了画。

时间里悬挂,迎面阳光不来,

就是来了也是斜抹一行沉寂记忆,树下。

雅读

除夕看花

新从嘈杂着异乡口调的花市上买来,
碧桃雪白的长枝,同红血般的山茶花。
着自己小角隅再用精致鲜艳来结采,
不为着锐的伤感,仅是钝的还有剩余下!

明知道房里的静定,像弄错了季节,
气氛中故乡失得更远些,时间倒着悬挂;
过年也不像过年,看出灯笼在燃烧着点点血,
帘垂花下已记不起旧时热情、旧日的话。

如果心头再旋转着熟识旧时的芳菲,
模糊如条小径越过无数道篱笆,

纷纭的花叶枝条,草看弄得人昏迷,
今日的脚步,再不甘重踏上前时的泥沙。

月色已冻住,指着各处山头,河水更零乱,
关心的是马蹄平原上辛苦,无响在刻画,
除夕的花已不是花,仅一句言语梗在这里,
抖战着千万人的忧患,每个心头上牵挂。

雅读

春天田里漫步

春天田里，慢慢的，有花开，
有人说是忧愁，——
有人说不是：人生仅有
无谓的空追求！
那么是寂寞了，诗意的悲哀
心这样悠悠：

　　　古今仍是一样，
　　　河水缓缓的流。

青青草原，新才追到眼前，
有人说是春风，——
有人说不是：季候正逢

情感的天空,

或许是自己呢,怀念远边,

心这样吹动?

　　古今永远不变,

　　春日迟迟中红。

　　一九四〇　四川李庄上题初病后

给 秋 天

正与生命里一切相同，
我们爱得太是匆匆；
好像只是昨天，
你还在我的窗前！

笑脸向着晴空
你的林叶笑声里染红
你把黄光当金子般散开
稚气，豪侈，你没有悲哀。

你的红叶是亲切的牵绊，那零乱
每早必来缠住我的晨光。

我也吻你,不顾你的背影隔过玻璃窗!

你常淘气的闪过,却不对我忸怩。

可是我爱得多么疯狂,

竟未觉察凄厉的夜晚

已在你背后尾随,——

等候着把你残忍的摧毁!

一夜呼号的风声

果然没有把我惊醒,

等到太晚的那个早晨

啊。天!你已经不见了踪影。

我苛刻的咒诅自己,

但现在有谁走过这里,

除却严冬铁样长脸

阴霾中,偶然一见。

人 生

人生,

你是一支曲子,

我是歌唱的;

你是河流

我是条船,一片小白帆

我是个行旅者的时候,

你,田野,山林,峰峦。

无论怎样,

颠倒密切中牵连着

你和我,

我永从你中间经过；

我生存,

你是我生存的河道,

理由同力量。

你的存在

则是我胸前心跳里

五色的绚彩

但我们彼此交错

并未彼此留难。

……

现在我死了,

你,——

我把你再交给他人负担!

昆明即景

一 茶 铺

这是立体的构画,
　　描在这里许多样脸
在顺城脚的茶铺里
　　隐隐起喧腾声一片。

各种的姿势,生活
　　刻划着不同方面:
茶座上全坐满了,笑的,
　　皱眉的,有的抽着旱烟。

老的，慈祥的面纹，

    年轻的，灵活的眼睛，

都暂要时间茶杯上

    停住，不再去扰乱心情！

一天一整串辛苦，

    此刻才赚回小把安静，

夜晚回家，还有远路，

    白天，谁有工夫闲看云影？

不都为着真的口渴，

    四面窗开着，喝茶，

跷起膝盖的是疲乏，

    赤着臂膀好同乡邻闲话。

也为了放下扁担同肩背

    向运命喘息，倚着墙，

每晚靠这一碗茶的生趣

幽默估量生的短长……

这是立体的构画，
　设色在小生活旁边，
荫凉南瓜棚下茶铺，
　热闹照样的又过了一天！

二 小 楼

张大爹临街的矮楼，

半藏着，半挺着，立在街头，

瓦覆着它，窗开一条缝，

夕阳染红它，如写下古远的梦。

矮檐上长点草，也结过小瓜，

破石子路在楼前，无人种花，

是老坛子，瓦罐，大小的相伴；

尘垢列出许多风趣的零乱。

但张大爷走过,不吟咏它好;

大爷自己(上年纪了)不相信古老。

他拐着杖常到隔壁沽酒,

宁愿过桥,土堤去看新柳!

一串疯话

好比这树丁香,几枝山红杏,
相信我的心里留着有一串话,
绕着许多叶子,青青的沉静,
风露日夜,只盼五月来开开花!

如果你是五月,八百里为我吹开
蓝空上霞彩,那样子来了春天,
忘掉腼腆,我定要转过脸来,
把一串疯话全说在你的面前!

小　诗（一）

感谢生命的讽刺嘲弄着我，

会唱的喉咙哑成了无言的歌。

一片轻纱似的情绪，本是空灵，

现时上面全打着拙笨补钉。

肩头上先是挑起两担云彩，

带着光辉要在从容天空里安排；

如今黑压压沉下现实的真相，

灵魂同饥饿的脊梁将一起压断！

我不敢问生命现在人该当如何

喘气！经验已如旧鞋底的穿破,

这纷歧道路上,石子和泥土模糊,

还是赤脚方便,去认取新的辛苦。

小 诗（二）

小蚌壳里有所有的颜色；

整一条虹藏在里面。

绚彩的存在是他的秘密，

外面没有夕阳，也不见雨点。

黑夜天空上只一片渺茫；

整宇宙星斗那里闪亮，

远距离光明如无边海面，

是每小粒晶莹，给了你方向。

恶劣的心绪

我病中,这样缠住忧虑和烦扰,
好像西北冷风,从沙漠荒原吹起,
逐步吹入黄昏街头巷尾的垃圾堆;
在霉腐的琐屑里寻讨安慰,
自己在万物消耗以后的残骸中惊骇,
又一点一点给别人扬起可怕的尘埃!

吹散记忆正如陈旧的报纸飘在各处彷徨,
破碎支离的记录只颠倒提示过去的骚乱。
多余的理性还像一只饥饿的野狗
那样追着空罐同肉骨,自己寂寞的追着
咬嚼人类的感伤;生活是什么都还说不上来,

摆在眼前的已是这许多渣滓！

我希望：风停了；今晚情绪能像一场小雪，

沉默的白色轻轻降落地上；

雪花每片对自己和他人都带一星耐性的仁慈，

一层一层把恶劣残破和痛苦的一起掩藏；

在美丽明早的晨光下，焦心暂不必再有，——

绝望要来时，索性是雪后残酷的寒流！

三十六年十二月　病中动手术前

写给我的大姊

当我去了，还有没说完的话，
好像客人去后杯里留下的茶；
说的时候，同喝的机会，都已错过，
主客黯然，可不必再去惋惜它。
如果有点感伤，你把脸掉向窗外，
落日将尽时，西天上，总还留有晚霞。

一切小小的留恋算不得罪过，
将尽未尽的衷曲也是常情。
你原谅我有一堆心绪上的闪躲，
黄昏时承认的，否认等不到天明；
有些话自己也还不曾说透，

他人的了解是来自直觉的会心。

当我去了,还有没说完的话,
像钟敲过后,时间在悬空里暂挂,
你有理由等待更美好的继续;
对忽然的终止,你有理由惧怕。
但原谅吧,我的话语永远不能完全,
亘古到今情感的矛盾做成了嘶哑。

一 天

今天十二个钟头,

是我十二个客人,

每一个来了,又走了,

最后夕阳拖着影子也走了!

我没有时间盘问我自己胸怀,

黄昏却蹑着脚,好奇的偷着进来!

我说:朋友,这次我可不对你诉说啊,

每次说了,伤我一点骄傲。

黄昏黯然,无言的走开,

孤单的,沉默的,我投入夜的怀抱!

三十一年春　李庄

对 残 枝

梅花你这些残了后的枝条,
是你无法诉说的哀愁!
今晚这一阵雨点落过以后,
我关上窗子又要同你分手。

但我幻想夜色安慰你伤心,
下弦月照白了你,最是同情,
我睡了,我的诗记下你的温柔,
你不妨安心放芽去做成绿荫。

对北门街园子

别说你寂寞;大树拱立,
草花烂漫,一个园子永远
睡着;没有脚步的走响。

你树梢盘着飞鸟,每早云天
吻你额前,每晚你留下对话
正是西山最好的夕阳。

十一月的小村

我想象我在轻轻的独语:
十一月的小村外是怎样个去处?
是这渺茫江边淡泊的天;
是这映红了的叶子疏疏隔着雾;
是乡愁,是这许多说不出的寂寞;
还是这条独自转折来去的山路?
是村子迷惘了,绕出一丝丝青烟;
是那白沙一片篁竹围着的茅屋?
是枯柴爆裂着灶火的声响,
是童子缩颈落叶林中的歌唱?
是老农随着耕牛,远远过去,
还是那坡边零落在吃草的牛羊?

是什么做成这十一月的心,

十一月的灵魂又是谁的病?

山坳子叫我立住的仅是一面黄土墙;

下午透过云霾那点子太阳!

一棵野藤绊住一角老墙头,斜睨

两根青石架起的大门,倒在路旁

无论我坐着,我又走开,

我都一样心跳;我的心前

虽然烦乱,总像绕着许多云彩,

但寂寂一湾水田,这几处荒坟,

它们永说不清谁是这一切主宰

我折一根柱枝,看下午最长的日影

要等待十一月的回答微风中吹来。

　　　　　　　　　三十三年初冬　李庄

哭三弟恒

——三十年空战阵亡

弟弟,我没有适合时代的语言
来哀悼你的死;
它是时代向你的要求,
简单的,你给了。
这冷酷简单的壮烈是时代的诗
这沉默的光荣是你。

假使在这不可免的真实上
多给了悲哀,我想呼喊,
那是——你自己也明了——
因为你走得太早,

太早了,弟弟,难为你的勇敢,
机械的落伍,你的机会太惨!

三年了,你阵亡在成都上空,
这三年的时间所做成的不同,
如果我向你说来,你别悲伤,
因为多半不是我们老国,
而是他人在时代中辗动,
我们灵魂流血,炸成了窟窿。

我们已有了盟友、物资同军火,
正是你所曾经希望过。
我记得,记得当时我怎样同你
讨论又讨论,点算又点算,
每一天你是那样耐性的等着,
每天却空的过去,慢得像骆驼!

现在驱逐机已非当日你最想望

驾驶的"老鹰式七五"那样——
那样笨,那样慢,啊,弟弟不要伤心,
你已做到你们所能做的,
别说是谁误了你,是时代无法衡量,
中国还要上前,黑夜在等天亮。

弟弟,我已用这许多不美丽言语
算是诗来追悼你,
要相信我的心多苦,喉咙多哑,
你永不会回来了,我知道,
青年的热血作了科学的代替;
中国的悲怆永沉在我的心底。

啊,你别难过,难过了我给不出安慰。
我曾每日那样想过了几回:
你已给了你所有的,同你去的弟兄
也是一样,献出你们的生命;
已有的年轻一切;将来还有的机会,

可能的壮年工作，老年的智慧；

可能的情爱，家庭，儿女，及那所有
生的权利，喜悦；及生的纷纠！
你们给的真多，都为了谁？你相信
今后中国多少人的幸福要在
你的前头，比自己要紧；那不朽
中国的历史，还需要在世上永久。

你相信，你也做了，最后一切你交出。
我既完全明白了，为何我还为着你哭？
只因你是个孩子却没有留什么给自己，
小时我盼着你的幸福，战时你的安全，
今天你没有儿女牵挂需要抚恤同安慰，
而万千国人像已忘掉，你死是为了谁！

三十三年　李庄

桥

他的使命：

　　南北两岸莽莽两条路的携手；

他的完成

　　不挡江月东西，船只上下的交流；

他的肩背

　　坚定的让脚步上面经过，找各人的路去；

他的胸怀，

　　虚空的环洞，不把江心洪流堵住。

他是座桥：

　　一条大胆的横梁，立脚于茫茫水面；

一堆泥石，

辛苦堆积或造形的完美,在自然上边;
一掬理智,
适应无数的神奇,支持立体的纪念;
一次人工,
矫正了造化的疏忽,将隔绝的重新牵连!

他是座桥,
看那平衡两排如同静思的栏杆;
他的力量,
两座桥墩下,多粗壮的石头镶嵌;
他的忍耐,
容每道车辙刻入脚印已磨光的石板;
他的安闲,
岁月增进,让钓翁野草随在身旁。

他的美丽,
如同山月的锁钥,正见出人类匠心;
他的心灵,

浸入寒波，在一钩倒影里续成圆形。

他的存在，

　　却不为嬉戏的闲情——而为责任；

他的理想，

　　该寄给人生的行旅者一种虔诚。

三十六年六月

古城黄昏

我见到古城在斜阳中凝神；
城楼望着城楼，
忘却中间一片黄金的殿顶；
十条闹街还散在脚下，
虫蚁一样有无数行人。

我见到古城在黄昏中凝神；
乌鸦噪聒的飞旋，
废苑古柏在困倦中支撑。
无数坛庙寂寞与荒凉，
锁起一座一座剥落的殿门！

我听到古城在薄暮中独语；

僧寺悄寂，熄了香火，

钟声沉下，市声里失去；

车马不断扬起年代的尘土，

到处风沙叹息着历史。

雅读

破　晓

木格子窗上，支支哑哑的响。
泻像薄冰的纸上，一层微光。
早晨的睡眼见不到一点温暖
你同熄了的炉火应在留恋昨晓。

忽然钟声由冻骤的空中敲出，
悠扬的击节，寒化开在山谷！
这时，任何的梦该卷起，好好收藏
又一天的日子已迈过你的窗栏

三六，冬至，平　西郊

散 文

悼 志 摩

十一月十九日我们的好朋友，许多人都爱戴的新诗人，徐志摩突兀的，不可信的，惨酷的，在飞机上遇险而死去。这消息在二十日的早上像一根针刺猛触到许多朋友的心上，顿使那一早的天墨一般地昏黑，哀恸的咽哽锁住每一个人的嗓子。

志摩……死……谁曾将这两个句子联在一处想过！他是那样活泼的一个人，那样刚刚站在壮年的顶峰上的一个人。朋友们常常惊讶他的活动，他那像小孩般的精神和认真，谁又会想到他死？

突然的，他闯出我们这共同的世界，沉入永远的静寂，不给我们一点预告，一点准备，或是一个最后希望的余地。这种几乎近于忍心的决绝，那一天不知震麻了多少朋友的心？现在那不能否认的事实，仍然无情地挡住我们前面。任凭我们多苦楚的哀悼他的惨死，多迫切的希冀能够仍然接触到他原来的音容，事实是不会为体贴我们这悲念而有些须更改；而他也再不会为不忍我们这伤悼而有些须活动的可能！这难堪的永远静寂和消沉便是死的最残酷处。

我们不迷信的，没有宗教的望着这死的帏幕，更是丝毫没有把握。张开口我们不会呼吁，闭上眼不会入梦，徘徊在理智和情感的边沿，我们不能预期后会，对这死，我们只是永远发怔，吞咽枯涩的泪，待时间来剥削这哀恸的尖锐，痂结我们每次悲悼的创伤。那一天下午初得到消息的许多朋友不是全跑到胡适之先生家里么？但是除却拭泪相对，默然围坐外，谁也没有主意，谁也不知有什么话说，对这死！

谁也没有主意，谁也没有话说！事实不容我们安插任何的希望，情感不容我们不伤悼这突兀的不幸，理智又不容我们有超自然的幻想！默然相对，默然围坐……而志摩则仍是死去没有回头，没有音讯，永远地不会回头，永远地不会再有音讯。

我们中间没有绝对信命运之说的，但是对着这不测的人生，谁不感到惊异，对着那许多事实的痕迹又如何不感到人力的脆弱，智慧的有限。世事尽有定数？世事尽是偶然？对这永远的疑问我们什么时候能有完全的把握?

在我们前边展开的只是一堆坚质的事实:

"是的,他十九晨有电报来给我……

"十九早晨,是的!说下午三点准到南苑,派车接……

"电报是九时从南京飞机场发出的……

"刚是他开始飞行以后所发……

"派车接去了,等到四点半……说飞机没有到……

"没有到……航空公司说济南有雾……很大……"只是一个钟头的差别;下午三时到南苑,济南有雾!谁相信就是这一个钟头中便可以有这么不同事实的发生,志摩,我的朋友!

他离平的前一晚我仍见到,那时候他还不知道他次晨南旅的,飞机改期过三次,他曾说如果再改下去,他便不走了的。我和他同由一个茶会出来,在总布胡同口分手。在这茶会里我们请的是为太平洋会议来的一个柏雷博士,因为他是志摩生平最爱慕的女作家曼殊斐儿的姊丈,志摩十分的殷勤;希望可以再从柏雷口中得些关于曼殊斐儿早年的影子,只因限于时间,我们茶后匆匆地便散了。晚上我有约会出去了,回来时很晚,听差说他又来过,适遇我们夫妇刚走,他自己坐了一会儿,喝了一壶茶,在桌上写了些字便走了。我到桌上一看:——

"定明早六时飞行,此去存亡不卜……"我怔住了,心中一阵不痛快,却忙给他一个电话。

"你放心,"他说,"很稳当的,我还要留着生命看更伟大的事迹呢,那能便死?……"

话虽是这样说,他却是已经死了整两周了!

凡是志摩的朋友,我相信全懂得,死去他这样一个朋友是怎么一回事!

现在这事实一天比一天更结实,更固定,更不容否认。志摩是死了,这个简单惨酷的实际早又添上时间的色彩,一周,两周,一直的增长下去……

我不该在这里语无伦次的尽管呻吟我们做朋友的悲哀情绪。归根说,读者抱着我们文字看,也就是像志摩的请柏雷一样,要从我们口里再听到关于志摩的一些事。这个我明白,只怕我不能使你们满意,因为关于他的事,动听的,使青年人知道这里有个不可多得的人格存在的,实在太多,决不是几千字可以表达得完。谁也得承认像他这样的一个人世间便不轻易有几个的,无论在中国或是外国。

我认得他，今年整十年，那时候他在伦敦经济学院，尚未去康桥。我初次遇到他，也就是他初次认识到影响他迁学的遨更生先生。不用说他和我父亲最谈得来，虽然他们年岁上差别不算少，一见面之后便互相引为知己。他到康桥之后由遨更生介绍进了皇家学院，当时和他同学的有我姊丈温君源宁。一直到最近两月中源宁还常在说他当时的许多笑话，虽然说是笑话，那也是他对志摩最早的一个惊异的印象。志摩认真的诗情，绝不含有丝毫矫伪，他那种痴，那种孩子似的天真实能令人惊讶。源宁说，有一天他在校舍里读书，外边下了倾盆大雨——惟是英伦那样的岛国才有的狂雨——忽然他听到有人猛敲他的房门，外边跳进一个被雨水淋得全湿的客人。不用说他便是志摩，一进门一把扯着源宁向外跑，说快来我们到桥上去等着。这一来把源宁怔住了，他问志摩等什么在这大雨里。志摩睁大了眼睛，孩子似的高兴地说"看雨后的虹去"。源宁不止说他不去，并且劝志摩趁早将湿透的衣服换下，再穿上雨衣出去，英国的湿气岂是儿戏。志摩不等他说完，一溜烟地自己跑了！

以后我好奇地曾问过志摩这故事的真确，他笑着点头承认这全段故事的真实。我问：那么下文呢，你立在桥上等了多久，并且看到虹了没有?他说记不清,但是他居然看到了虹。我诧异地打断他对那虹的描写,问他:怎么他便知道,准会有虹的。他得意地笑答我说:"完全诗意的信仰!"

"完全诗意的信仰",我可要在这里哭了!也就是为这"诗意的信仰"他硬要借航空的方便达到他"想飞"的宿愿!"飞机是很稳当的,"他说,"如果要出事那是我的运命!"他真对运命这样完全诗意的信仰!

志摩我的朋友,死本来也不过是一个新的旅程,我们没有到过的,不免过分地怀疑,死不定就比这生苦。"我们不能轻易断定那一边没有阳光与人情的温慰",但是我前边说过最难堪的是这永远的静寂。我们生在这没有宗教的时代,对这死实在太没有把握了。这以后许多思念你的日子,怕要全是昏暗的苦楚,不会有一点点光明,除非我也有你那美丽的诗意的信仰!

我个人的悲绪不竟又来扰乱我对他生前许多清晰的回忆,朋友们原谅。

诗人的志摩用不着我来多说,他那许多诗文便是估价他的天平。我们新诗的历史才是这样的短,恐怕他的判断人尚在我们儿孙辈的中间。我要谈的是诗人之外的志摩。人家说志摩的为人只是不经意的浪漫，志摩的诗全是抒情诗，这断语从不认识他的人听来可以说很公平，从他朋友们看来实在是对不起他。志摩是个很古怪的人，浪漫固然，但他人格里最精华的却是他对人的同情，和蔼，和优容；没有一个人他对他不和蔼，没有一种人，他不能优容，没有一种的情感，他绝对地不能表同情。我不说了解，因为不是许多人爱说志摩最不解人情么？我说他的特点也就在这上头。

我们寻常人就爱说了解；能了解的我们便同情，不了解的我们便很落漠乃至于酷刻。表同情于我们能了解的，我们以为很适当；不表同情于我们不能了解的，我们也认为很公平。志摩则不然，了解与不了解，他并没有过分地夸张，他只知道温存，和平，体贴，只要他知道有情感的存在，无论出自何人，在何等情况之下，他理智上认为适当与否，他全能表几分同情，他真能体会原谅他人与他自己不相同处。从不会刻薄地单支出严格的迫仄的道德的天平指摘凡是与他不同的人。他这样的温和，这样的优容，真能使许多人惭愧，我可以忠实地说，至少他要比我们多数的人伟大许多；他觉得人类各种的情感动作全有它不同的，价值放大了的人类的眼光，同情是不该只限于我们划定的范围内。他是对的，朋友们，归根说，我们能够懂得几个人，了解几桩事，几种情感？那一桩事，那一个人没有多面的看法！为此说来志摩朋友之多，不是个可怪的事；凡是认得他的人不论深浅对他全有特殊的感情，也是极自然的结果。而反过来看他自己在他一生的过程中却是很少得着同情的。不止如是，他还曾为他的一点理想的愚诚几次几乎不见容于社会。但是他却未曾为这个而鄙吝他给他人的同情心，他的性情，不曾为受了刺激而转变刻薄暴戾过，谁能不承认他几有超人的宽量。

志摩的最动人的特点，是他那不可信的纯净的天真，对他的理想的愚诚，对艺术欣赏的认真，体会情感的切实，全是难能可贵到极点。他站在雨中等虹，他甘冒社会的大不韪争他的恋爱自由；他坐曲折的火车到乡间去拜哈代，他抛弃博士一类的引诱卷了书包到英国，只为要拜罗素做老师，他为了一种特异的境遇，一时特异的感动，从此在生命途中冒险，从此抛弃所有的旧业，只是尝试写几行新诗——这几年新诗尝试的运命并不太令人踊跃，冷嘲热骂只是家常便饭——他常能走几里路去采几茎花，费许多周折去看一个朋友说两句话；这些，还有许多，都不是我们寻常能够轻易了解的神秘。我说神秘，其实竟许是傻，是痴！事实上他只是比我们认真，虔诚到傻气，到痴！他愉快起来他的快乐的翅膀可以碰得到天，他忧伤起来，他的悲戚是深得没有底。寻常评价的衡量在他手里失了效用，利害轻重他自有他的看法，纯是艺术的情感的脱离寻常的原则，所以往常人常听到朋友们说到他总爱带着嗟叹的口吻说："那是志摩，你又有什么法子！"他真的是个怪人么？朋友们，不，一点都不是，他只是比我们近情，近理，比我们热诚，比我们天真，比我们对万物都更有信仰，对神，对人，对灵，对自然，对艺术！

朋友们，我们失掉的不止是一个朋友，一个诗人，我们丢掉的是个极难得可爱的人格。

至于他的作品全是抒情的么？他的兴趣只限于情感么？更是不对。志摩的兴趣是极广泛的。就有几件，说起来，不认得他的人便要奇怪。他早年很爱数学，他始终极喜欢天文，他对天上星宿的名字和部位就认得很多，最喜暑夜观星，好几次他坐火车都是带着关于宇宙的科学的书。他曾经疯过爱因斯坦的相对论，并且在一九二二年便写过一篇关于相对论的东西登在《民铎》杂志上。他常向思成说笑："任公先生的相对论的知识还是从我徐君志摩大作上得来的呢,因为他说他看过许多关于爱因斯坦的哲学都未曾看懂,看到志摩的那篇才懂了。"今夏我在香山养病,他常来闲谈,有一天谈到他幼年上学的经过和美国克莱克大学两年学经济学的景况,我们不禁对笑了半天,后来他在他的《猛虎集》的"序"里也说了那么一段。可是奇怪的!他不像许多天才,幼年里上学,不是不及格,便是被斥退,他是常得优等的,听说有一次康乃尔暑校里一个极严的经济教授还写了信去克莱克大学教授那里恭维他的学生,关于一门很难的功课。我不是为志摩在这里夸张,因为事实上只有为了这桩事,今夏志摩自己便笑得不亦乐乎!

此外他的兴趣对于戏剧绘画都极深浓,戏剧不用说,与诗文是那么接近,他领略绘画的天才也颇可观,后期印象派的几个画家,他都有极精密的爱恶,对于文艺复兴时代那几位,他也很熟悉,他最爱鲍提且利和达文骞。自然他也常承认文人喜画常是间接地受了别人论文的影响。他的,就受了法兰(Roger Fry)和斐德(Walter Pater)的不少。对于建筑审美他常常对思成和我道歉说:"太对不起,我的建筑常识全是 Ruskins 那一套。"他知道我们是最讨厌 Ruskins 的。但是为看一个古建的残址,一块石刻,他比任何人都热心,都更能静心领略。

他喜欢色彩,虽然他自己不会作画,暑假里他曾从杭州给我几封信,他自己叫它们做"描写的水彩画",他用英文极细致地写出西(边?)桑田的颜色,每一分嫩绿,每一色鹅黄,他都仔细地观察到。又有一次他望着我园里一带断墙半晌不语,过后他告诉我说,他正在默默体会,想要描写那墙上向晚的艳阳和刚刚入秋的藤萝。

对于音乐,中西的他都爱好,不止爱好,他那种热心便唤醒过北平一次——也许唯一的一次——对音乐的注意。谁也忘不了那一年,客拉司拉到北平在"真光"拉一个多钟头的提琴。对旧剧他也得算"在行",他最后在北平那几天我们曾接连地同去听好几出戏,回家时我们讨论的热闹,比任何剧评都诚恳都起劲。

谁相信这样的一个人,这样忠实于"生"的一个人,会这样早地永远地离开我们另投一个世界,永远地静寂下去,不再透些须声息!

我不敢再往下写,志摩若是有灵听到比他年轻许多的一个小朋友拿着老声老气的语调谈到他的为人不觉得不快么?这里我又来个极难堪的回忆,那一年他在这同一个的报纸上写了那篇伤我父亲惨故的文章,这梦幻似的人生转了几个弯,曾几何时,却轮到我在这风紧夜深里握笔吊他的惨变。这是什么人生?什么风涛?什么道路?志摩,你这最后的解脱未始不是幸福,不是聪明,我该当羡慕你才是。

山西通信

××××：

居然到了山西，天是透明的蓝，白云更流动得使人可以忘记很多的事，单单在一点什么感情底下，打滴溜转；更不用说到那山山水水，小堡垒，村落，反映着夕阳的一角庙，一座塔！景物是美得到处使人心慌心痛。

我是没有出过门的，没有动身之前不容易动，走出来之后却就不知道如何流落才好。旬日来眼看去的都是图画，日子都是可以歌唱的古事。黑夜里在山场里看河南来到山西的匠人，围住一个大红炉子打铁，火花和铿锵的声响，散到四围黑影里去。微月中步行寻到田陇废庙，划一根"取灯"偷偷照看那瞭望观音的脸，一片平静几百年来，没有动过感情的，在那一闪光底下，倒像挂上一缕笑意。

我们因为探访古迹走了许多路；在种种情形之下感慨到古今兴废。在草丛里读碑碣，在砖堆中间偶然碰到菩萨的一只手一个微笑，都是可以激动起一些不平常的感觉来的。乡村的各种浪漫的位置，秀丽天真；中间人物维持着老老实实的鲜艳颜色，老的扶着拐杖，小的赤着胸背，沿路上点缀的，尽是他们明亮的眼睛和笑脸。由北平城里来的我们，东看看，西走走，夕阳背在背上，真和掉在另一个世界里一样！云块，天，和我们之间似乎失掉了一切障碍。我乐时就高兴的笑，笑声一直散到对河对山，说不定那一个林子，那一个村落里去！我感觉到一种平坦，竟许是辽阔，和地面恰恰平行着舒展开来，感觉的最边沿的边沿，和大地的边沿，永远赛着向前伸……

我不会说，说起来也只是一片疯话人家不耐烦听。以我描写一些实际情形我又不大会，总而言之，远地里，一处田亩有人在工作，上面青的，黄的，紫的，分行的长着；每一处山坡上，有人在走路，放羊，迎着阳光，背着阳光，投射着转动的光影；每一个小城，前面站着城楼，旁边睡着小庙，那里又托出一座石塔，神和人，都服贴的，满足的，守着他们那一角天地，近地里，则更有的是热闹，一条街里站满了人，孩子头上梳着三个小辫子的，四个小辫子的，乃至于五六个小辫子的，衣服简单到只剩一个红兜肚，上面隐约也总有他嬷嬷挑的两三朵花！

娘娘庙前面树荫底下，你又能阻止谁来看热闹？教书先生出来了，军队里兵卒拉着马过来了，几个女人娇羞的手拉着手，也扭着来站在一边了，小孩子争着挤，看我们照相，拉皮尺量平面，教书先生帮忙我们拓碑文。说起来这个那个庙，都是年代可多了，什么时候盖的，谁也说不清了！说话之人来得太多，我们工作实在发生困难了，可是我们大家都顶高兴的，小孩子一边抱着饭碗吃饭，一边睁着大眼看，一点子也不松懈。

我们走时总是一村子的人来送的，儿媳妇指着说给老婆婆听，小孩们跑着还要跟上一段路。开栅镇，小相村，大相村，那一处不是一样的热闹，看到北齐天保三年造像碑，我们不小心的，漏出一个惊异的叫喊，他们乡里弯着背的，老点儿的人，就也露出一个得意的微笑，知道他们村里的宝贝，居然吓着这古怪的来客了。"年代多了吧，"他们骄傲的问。"多了多了，"我们高兴的回答，"差不多一千四百年了。""呀，一千四百年！"我们便一齐骄傲起来。

我们看看这里金元重修的，那里明季重修的殿宇，讨论那式样做法的特异处，塑像神气，手续，天就渐渐黑下来，嘴里觉到渴，肚里觉到饿，才记起一天的日子圆圆整整的就快结束了。回来躺在床上，绮丽鲜明的印象仍然挂在眼睛前边，引导着种种适意的梦，同时晚饭上所吃的菜蔬果子，便给养充实着，我们明天的精力，直到一大颗太阳，红红的照在我们的脸上。

窗子以外

话从那里说起？等到你要说话，什么话都是那样渺茫的找不到个源头。

此刻，就在我眼帘底下坐着是四个乡下人的背影；一个头上包着黯黑的白布，两个褪色的蓝布，又一个光头。他们支起膝盖，半蹲半坐的，在溪沿的短墙上休息。每人手里一件简单的东西；一个是白木棒，一个篮子，那两个在树荫底下我看不清楚。无疑的他们已经走了许多路，再过一刻，抽完一筒旱烟以后，是还要走许多路的。兰花烟的香味频频随着微风，袭到我官觉上来，模糊中还有几段山西梆子的声调，虽然他们坐的地方是在我廊子的铁纱窗以外。

铁纱窗以外，话可不就在这里了。永远是窗子以外，不是铁纱窗就是玻璃窗，总而言之，窗子以外！

所有的活动的颜色声音，生的滋味，全在那里的，你并不是不能看到，只不过是永远的在你窗子以外罢了。多少百里的平原土地，多少区域的起伏的山峦，昨天由窗子外映进你的眼帘，那是多少生命日夜在活动着的所在；每一根青的什么麦黍，都有人流过汗；每一粒黄的什么米粟，都有人吃去；其间还有的是周折，是热闹，是紧张！可是你则并不一定能看见，因为那所有的周折，热闹，紧张，全都在你窗子以外展演着。

在家里罢，你坐在书房里，窗子以外的景物本就有限。那里两树马缨，几棵丁香；榆叶梅横出风雅的一大枝；海棠因为缺乏阳光，每年只开个两三朵——叶子上满是虫蚁吃的创痕，还卷着一点焦黄的边；廊子幽秀的开着扇子式，六边形的格子窗，透过外院的日光，外院的杂音。什么送煤的来了，偶然你看到一个两个被煤炭染成黔黑的脸；什么米送到了，一个人掮着一大口袋在背上，慢慢蹭过屏门；还有自来水，电灯，电话公司来收账的，胸口斜挂着皮口袋，手里推着一辆自行车；更有时厨子来个朋友了，满脸的笑容，"好呀，好呀，"的走进门房；什么赵妈的丈夫来拿钱了，那是每月一号一点都不差的，早来了你就听到两个人唧唧哝哝争吵的声浪。那里不是没有颜色，声音，生的一切活动，只是他们和你总隔个窗子——扇子式的，六边形的，纱的，玻璃的！

你气闷了把笔一搁说，这叫做甚么生活！你站起来，穿上不能算太贵的鞋袜，但这双鞋和袜的价钱也就比——想它做什么，反正有人每月的工资，一定只有这价钱的一半乃至于更少。你出去雇洋车了，拉车的嘴里所讨的价钱当然是要比例价高得多，难道你就傻子似的答应下来？不，不，三十二子，拉就拉，不拉，拉倒！心里也明白，如果真要充内行，你就该说，二十六子，拉就拉——但是你好意思争！

车开始辗动了，世界仍然在你窗子以外。长长的一条胡同，一个个大门紧紧的关着。就是有开的，那也只是露出一角，隐约可以看到里面有南瓜棚子，底下一个女的，坐在小凳上缝缝做做的；另一个，抓住还不能走路的小孩子，伸出头来喊那过路卖白菜的。至于白菜是多少钱一斤，那你是听不见了，车子早已拉得老远，并且你也无需乎知道的。在你每月费用之中，伙食是一定占去若干的。在那一笔伙食费里，白菜又是多么小的一个数。难道你知道了门口卖的白菜多少钱一斤，你真把你哭丧着脸的厨子叫来申斥一顿，告诉他每一斤白菜他多开了你一个"大子儿"?

车越走越远了,前面正碰着粪车,立刻你拿出手绢来,皱着眉,把鼻子蒙得紧紧的,心里不知怨谁好。怨天做的事太古怪;好好的美丽的稻麦却需要粪来浇!怨乡下人太不怕臭,不怕脏,发明那么两个篮子,放在鼻前手车上,推着慢慢走!你怨市里行政人员不认真办事,如此脏臭不卫生的旧习不能改良,十余年来对这粪车难道真无办法?为着强烈的臭气隔着你窗子还不够远,因此你想到社会卫生事业如何还办不好。

路渐渐好起来,前面墙高高的是个大衙门。这里你简直不止隔个窗子,这一带高高的墙是不通风的。你不懂里面有多少办事员,办的都是什么事;多少浓眉大眼的,对着乡下人做买卖的吃喝诈取;多少个又是脸黄黄的可怜虫,混半碗饭分给一家子吃。自欺欺人,里面天天演的到底是甚么把戏?但是如果里面真有两三个人拼了命在那里奋斗,为许多人争一点便利和公道,你也无从知道!

到了热闹的大街了,你仍然像在特别包厢里看戏一样,本身不会,也不必参加那出戏;倚在栏杆上,你在审美的领略,你有的是一片闲暇。但是如果这里洋车夫问你在那里下来,你会吃一惊，仓卒不知所答。生活所最必需的你并不缺乏什么，你这出来就也是不必需的活动。

偶一抬头，看到街心和对街铺子前面那些人，他们都是急急忙忙的，在时间金钱的限制下采办他们生活所必需的。两个女人手忙脚乱的在监督着店里的伙计称秤。二斤四两，二斤四两的什么东西，且不必去管，反正由那两个女人的认真的神气上面看去，必是非同小可，性命交关的货物。并且如果称得少一点时，那两个女人为那点吃亏的分量必定感到重大的痛苦；如果称得多时，那伙计又知道这年头那损失在东家方面真不能算小。于是那两边的争持是热烈的，必需的，大家声音都高一点；女人脸上呈块红色，头发披下了一缕，又用手抓上去；伙计则维持着客气，口里嚷着：错不了，错不了！

热烈的，必需的，在车马纷纭的街心里，忽然由你车边冲出来两个人；男的，女的，各各提起两脚快跑。这又是干什么的，你心想，电车正在拐大弯。那两人原就追着电车，由轨道旁边擦过去，一边追着，一边向电车上卖票的说话。电车是不容易赶的，你在洋车上真不禁替那街心里奔走赶车的担心。但是你也知道如果这趟没赶上，他们就可以在街旁站个半点来钟，那些宁可盼穿秋水不雇洋车的人，也就是因为他们的生活而必需计较和节省到洋车同电车价钱上那相差的数目。

此刻洋车跑得很快，你心里继续着疑问你出来的目的，到底采办一些甚么必需的货物。眼看着男男女女挤在市场里面，门首出来一个，进去一个，手里都是持着包包裹裹，里边虽然不会全是他们当日所必需的，但是如果当中夹着一盒稍微奢侈的物品，则亦必是他们生活中间闪着亮光的一个愉快！你不是听见那人说么？里面草帽，一块八毛五，贵倒贵点，可是"真不赖"！他提一提帽盒向着打招呼的朋友，他摸一摸他那剃得光整的脑袋，微笑充满了他全个脸。那时那一点迸射着光闪的愉快，当然的归属于他享受，没有一点疑问，因为天知道，这一年中他多少次的克己省俭，使他赚来这一次美满的，大胆的奢侈！

那点子奢侈在那人身上所发生的喜悦，在你身上却完全失掉作用，没有闪一星星亮光的希望！你想，整年整月你所花费的，和你那窗子以外的周围生活程度一比较，严格算来，可不都是非常靡费的用途？每奢侈一次，你心上只有多难过一次，所以车子经过的那些玻璃窗口，只有使你更惶恐，更空洞，更怀疑，前后彷徨不着边际。并且看了店里那些形形色色的货物，除非你真是傻子，难道不晓得它们多半是由那一国工厂里制造出来的！奢侈是不能给你愉快的，它只有要加增你的戒惧烦恼。每一尺好看点的纱料，每一件新鲜点的工艺品！

你诅咒着城市生活，不自然的城市生活！检点行装说，走了，走了；这沉闷没有生气的生活，实在受不了，我要换个样子过活去。健康的旅行既可以看看山水古刹的名胜，又可以知道点内地纯朴的人情风俗。走了，走了，天气还不算太坏，就是走他一个月六礼拜也是值得的。

没想到不管你走到那里，你永远免不了坐在窗子以内的。不错，许多时髦的学者常常骄傲地带上"考察"的神气，架上科学的眼镜，偶然走到那里一个陌生的地方瞭望，但那无形中的窗子是仍然存在的。不信，你检查他们的行李，有谁不带着罐头食品，帆布床，以及别的证明你还在你窗子以内的种种零星用品，你再摸一摸他们的皮包，那里短不了有些钞票；一到一个地方，你有的是一个提另的小小世界。不管你的窗子朝向那里望，所看到的多半则仍是在你窗子以外，隔层玻璃，或是铁纱！隐隐约约你看到一些颜色，听到一些声音，如果你私下满足了,那也没有甚么,只是千万别高兴起说什么接触了,认识了若干事物人情,天知道那是罪过!洋鬼子们的一些浅薄,千万学不得。

你是仍然坐在窗子以内的,不是火车的窗子,汽车的窗子,就是客栈逆旅的窗子,再不然就是你自己无形中习惯的窗子,把你搁在里面。接触和认识实在谈不到,得天独厚的闲暇生活先不容你。一样是旅行,如果你背上揹的不是照相机而是一点做买卖的小血本,你就需要全副的精神来走路:你得留神投宿的地方;你得计算一路上每吃一次烧饼和几颗沙果的钱;遇着同行的战战兢兢的打招呼,互相捧出诚意,遇着困难时好互相关照帮忙;到了一个地方你是真带着整个血肉的身体到处碰运气,紧张的境遇不容你不奋斗,不与其他奋斗的血和肉的接触,直到经验使得你认识。

前日公共汽车里一列辛苦的脸,那些谈话,里面就有很多生活的分量。陕西过来做生意的老头和那旁坐的一股客气,是不得已的;由交城下车的客人执着红粉包纸烟递到汽车行管事手里也是有多少理由的,穿棉背心的老太婆默默地挟住一个蓝布包袱,一个钱包,是在用尽她的全副本领的。果然到了冀村,她错过站头,还亏别个客人替她要求车夫,将汽车退行两里路,她还不大相信的望着那村站,口里噜苏着这地方和上次如何两样了。开车的一面发牢骚一面爬到车顶替老太婆拿行李,经验使得他有一种涵养,行旅中少不了有认不得路的老太太,这个道理全世界是一样的,伦敦警察之所以特别和蔼,也是从迷路的老太太孩子们身上得来的。

话说了这许多,你仍然在廊子底下坐着,窗外送来溪流的喧响,兰花烟气味早已消失,四个乡下人这时候当已到了上流"庆和义"磨坊前面。昨天那里磨坊的伙计很好笑的满脸挂着面粉,让你看着磨坊的构造;坊下的木轮,屋里旋转着的石碾,又在高低的院落里,来回看你所不经见的农具在日影下列着。院中一棵老槐一丛鲜艳的杂花一条曲曲折折引水的沟渠,伙计和气的伴着说闲话。他用着山西口音,告诉你,那里一年可出五千多包的面粉,每包的价钱约略两块多钱。又说这十几年来,这一带因为山水忽然少了,磨坊关闭了多少家,外国人都把那些磨坊租去作他们避暑的别墅。惭愧的你说,你就是住在一个磨坊里面,他脸上堆起微笑,让面粉一星星在日光下映着,说认得认得,原来你所租的磨坊主人,一个外国牧师,待这村子极和气，乡下人和他还都有好感情。

这真是难得了，并且好感的由来还有实证。就是那一天早上你无意中出去探古寻胜，这一省山明水秀，古刹寺院，动不动就是宋辽的原物。走到山上一个小村的关帝庙里，看到一个铁铎，刻着万历年号，原来是万历赐这村里庆成王的后人的，不知怎样流落到卖古董的手里，七年前让这牧师买去，晚上打着玩，嘹亮的钟声被村人听到，急忙赶来打听，要凑原价买回，情辞恳切，说起这是他们吕姓的祖传宝物，决不能让它流落出境，这牧师于是真个把铁铎还了他们，从此便在关帝庙神前供着。

这样一来你的窗子前面便展开了一张浪漫的图画，打动了你好奇，管它是隔一层或两层窗子，你也忍不住要打听点底细，怎么明庆成王的后人会姓吕！这下子文章便长了。

如果你的祖宗是皇帝的嫡亲弟弟，你是不会，也不愿，忘掉的。据说庆成王是永乐的弟弟，这赵庄村里的人都是他的后代。不过就是因为他们记得太清楚了，另一朝的皇帝都有些老大不放心，雍正间诏命他们改姓，由姓朱改为姓吕，但是他们还有用二十字排行的方法，使得他们不会弄错他们是这一脉子孙。

这样一来你就有点心跳了，昨天你雇来那打水洗衣服的不也是赵庄村来的，并且还姓吕！果然那土头土脑圆脸大眼的少年是个皇裔贵族，真是有失尊敬了。那么这村子一定穷得不得了，但事实上则不见得。

田亩一片，年年收成也不坏。家家户户门口有特种围墙，像个小小堡垒——当时防匪用的。屋子里面有大漆衣柜衣箱，柜门上白铜擦得亮亮；炕上棉被红红绿绿也颇鲜艳。可是据说关帝庙里已有四年没有唱戏了，虽然戏台还高巍巍的对着正殿。村子这几年穷了，有一位王孙告诉你，唱戏太花钱，尤其是上边使钱。这里到底是隔个窗子，你不懂了，一样年年好收成，为什么这几年村子穷了，只模模糊糊听到什么军队驻了三年多等，更不懂的是，村子向上一年辛苦后的娱乐，关帝庙里唱唱戏，得上面使钱？既然隔个窗子听不明白，你就通气点别尽管问了。

隔着一个窗子你还想明白多少事？昨天雇来吕姓倒水，今天又学洋鬼子东逛西逛，跑到下面养有鸡羊，上面挂有武魁匾额的人家，让他们用你不懂得的乡音招呼你吃茶，炕上坐，坐了半天出到门口，和那送客的女人周旋客气了一回，才恍然大悟，她就是替你倒脏水洗衣裳的吕姓王孙的妈，前晚上还送饼到你家来过!

  这里你迷糊了。算了算了! 你简直老老实实的坐在你窗子里得了, 窗子以外的事, 你看了多少也是枉然, 大半你是不明白, 也不会明白的。

纪念志摩去世四周年

今天是你走脱这世界的四周年！朋友，我们这次拿什么来纪念你？前两次的用香花感伤的围上你的照片，抑住嗓子底下叹息和悲梗，朋友和朋友无聊的对望着，完成一种纪念的形式，俨然是愚蠢的失败。因为那时那种近于伤感，而又不够宗教庄严的举动，除却点明了你和我们中间的距离，生和死的间隔外，实在没有别的成效；几乎完全不能达到任何真实纪念的意义。

去年今日我意外的由浙南路过你的家乡，在昏沉的夜色里我独立火车门外，凝望着那幽暗的站台，默默的回忆许多不相连续的过往残片，直到生和死间居然幻成一片模糊，人生和火车似的蜿蜒一串疑问在苍茫间奔驰。我想起你的：

火车擒住轨，在黑夜里奔

雅读

　　过山,过水,过……

如果那时候我的眼泪曾不自主的溢出睫外,我知道你定会原谅我的。你应当相信我不会向悲哀投降,什么时候我都相信倔强的忠于生的,即使人生如你底下所说:

　　就凭那精窄的两道,算是轨,
　　驮着这份重,梦一般的累坠!

　　就在那时候我记得火车慢慢地由站台拖出一程一程的前进,我也随着酸怆的诗意,那"车的呻吟","过荒野,过池塘,……过噤口的村庄"。到了第二站——我的一半家乡。
　　今年又轮到今天这一个日子!世界仍旧一团糟,多少地方是黑云布满着粗筋络望理想的反面猛进,我并不在瞎说,当我写:

　　信仰只一细炷香,
　　那点子亮再经不起西风

沙沙的隔着梧桐树吹

朋友，你自己说，如果是你现在坐在我这位子上，迎着这一窗太阳：眼看着菊花影在墙上描画作态；手臂下倚着两叠今早的报纸；耳朵里不时隐隐的听着朝阳门外"打靶"的枪弹声；意识的，潜意识的，要明白这生和死的谜，你又该写成怎样一首诗来，纪念一个死别的朋友？

此时，我却是完全的一个糊涂！习惯上我说，每桩事都像是造物的意旨，归根都是运命，但我明知道每桩事都有我们自己的影子在里面烙印着！我也知道每一个日子是多少机缘巧合凑拢来拼成的图案，但我也疑问其间的排布谁是主宰。据我看来：死是悲剧的一章，生则更是一场悲剧的主干！我们这一群剧中的角色自身性格与性格矛盾；理智与情感两不相容；理想与现实当面冲突，侧面或反面激成悲哀。日子一天一天向前转，昨日和昨日堆垒起来混成一片不可避脱的背景，做成我们周遭的墙壁或气氲，那么结实又那么缥缈，使我们每一人站在每一天的每一个时候里都是那么主要，又是那么渺小无能为！

此刻我几乎找不出一句话来说，因为，真的，我只是个完全的糊涂；感到生和死一样的不可解，不可懂。

但是我却要告诉你，虽然四年了你脱离去我们这共同活动的世界，本身停掉参加牵引事体变迁的主力，可是谁也不能否认，你仍立在我们烟涛渺茫的背景里，间接的是一种力量，尤其是在文艺创造的努力和信仰方面。间接的你任凭自然的音韵，颜色，不时的风轻月白，人的无定律的一切情感，悠断悠续的仍然在我们中间继续着生，仍然与我们共同交织着这生的纠纷，继续着生的理想。你并不离我们太远。你的身影永远挂在这里那里，同你生前一样的飘忽，爱在人家不经意时茁止，带来勇气的笑声也总是那么嘹亮，还有，还有经过你热情或焦心苦吟的那些诗，一首一首仍串着许多人的心旋转。

说到你的诗，朋友，我正要正经的同你再说一些话。你不要不耐烦，这话迟早我们总要说清的。人说盖棺定论，前者早已成了事实，这后者在这四年中，说来叫人难受，我还未曾读到一篇中肯或诚实的论评，虽然对你的赞美和攻讦由你去世后一两周间，就纷纷开始了。但是他们每人手里拿的都不像纯文艺的天秤；有的喜欢你的为人；有的疑问你私人的道德；有的单单尊崇你诗中所表现的思想哲学，有的仅喜爱那些软弱的细致的句子，有的每发议论必须牵涉到你的个人生活之合乎规矩方圆，或断言你是轻薄，或引证你是浮奢豪侈！朋友，我知道你从不介意过这些，许多人的浅陋老实或刻薄处你早就领略过一堆，你不止未曾生过气，并且常常表示怜悯同原谅；你的心情永远是那么洁净；头老抬得那么高；胸中老是那么完整的诚挚；臂上老有那么许多不折不挠的勇气。但是现在的情形与以前却稍稍不同，你自己既已不在这里，做你朋友的，眼看着你被误解，曲解，乃至于谩骂，有时真忍不住替你不平。

但你可别误会我心眼儿窄，把不相干的看成重要，我也知道误解曲解谩骂，都是不相干的，但是朋友，我们谁都需要有人了解我们的时候，真了解了我们，即使是痛下针砭，骂着了我们的弱处错处，那整个的我们却因而更增添了意义，一个作家文艺的总成绩更需要一种就文论文，就艺术论艺术的和平判断。

你在《猛虎集》序中说"世界上再没有比写诗更惨的事"，你却并未说明为什么写诗是一桩惨事，现在让我来个注脚好不好？我看一个人一生为着一个愚诚的倾向，把所感受到的复杂的情绪尝味到的生活，放到自己的理想和信仰的锅炉里烧炼成几句悠扬铿锵的语言（那怕是几声小唱），来满足他自己本能的艺术的冲动，这本来是个极寻常的事。那一个地方那一个时代，都不断有这种人。轮着做这种人的多半是为着他情感来的比寻常人浓富敏锐，而为着这情感而发生的冲动更是非实际的——或不全是实际的——追求，而需要那种艺术的满足而已。说起来写诗的人的动机多么单简可怜，正是如你序里所说"我们都是受支配的善良的生灵"！虽然有些诗人因为他们的成绩特别高厚旷阔包括了多数人，或整个时代的艺术和思想的冲动，从此便在人中间披上神秘的光圈，使"诗人"两字无形中挂着崇高的色彩。这样使一般努力于用韵文表现或描画人在自然万物相交错的情绪思想的，便被人的成见看做夸大狂的旗帜，需要同时代人的极冷酷的讥讪和不信任来扑灭它，以挽救人类的尊严和健康。

我承认写诗是惨淡经营，孤立在人中挣扎的勾当，但是因为我知道太清楚了，你在这上面单纯的信仰和诚恳的尝试，为同业者奋斗，卫护他们情感的愚诚，称扬他们艺术的创造，自己从未曾求过虚荣，我觉得你始终是很逍遥舒畅的。如你自己所说"满头血水"你"仍不曾低头"，你自己相信"一点性灵还在那里挣扎","还想在实际生活的重重压迫下透出一些声响来"。

简单的说,朋友,你这写诗的动机是坦白不由自主的,你写诗的态度是诚实,勇敢,而倔强的。这在讨论你诗的时候,谁都先得明了的。

至于你诗的技巧问题,艺术上的造诣,在这新诗仍在彷徨歧路的尝试期间,谁也不能坚决的论断。不过有一桩事我很想提醒现在讨论新诗的人,新诗之由于无条件无形制宽泛到几乎没有一定的定义时代,转入这讨论外形内容,以至于音节韵脚章句意象组织等艺术技巧问题的时期,即是根据着对这方面努力尝试过的那一些诗,你的头两个诗集子就是供给这些讨论见解最多材料的根据。外国的土话说"马总得放在马车的前面",不是?没有一些尝试的成绩放在那里,理论家是不能老在那里发一堆空头支票的,不是?

你自己一向不止在那里倔强的尝试用功,你还曾用尽你所有活泼的热心鼓励别人尝试,鼓励"时代"起来尝试,——这种工作是最犯风头嫌疑的,也只有你胆子大头皮硬顶得下来!我还记得你要印诗集子时我替你捏一把汗,老实说还替你在有文彩的老前辈中间难为情过，我也记得我初听到人家找你办"晨副"时我的焦急，但你居然板起个脸抓起两把鼓槌子为文艺吹打开路乃至于扫地，铺鲜花，不顾旧势力的非难，新势力的怀疑，你干你的事"事在人为，做了再说"那股子劲，以后别处也还很少见。

现在你走了，这些事渐渐在人的记忆中模糊下来，你的诗和文章也散漫在各小本集子里，压在有极新鲜的封皮的新书后面，谁说起你来，不是麻麻糊糊的承认你是过去中一个势力，就是拿能够挑剔看轻你的诗为本事（散文人家很少提到，或许"散文家"没有诗人那么光荣不值得注意），朋友，这是没法子的事，我却一点不为此灰心，因为我有我的信仰。

我认为我们这写诗的动机既如前边所说那么简单愚诚；因在某一时，或某一刻敏锐的接触到生活上的锋芒，或偶然的触遇到理想峰巅上云彩星霞，不由得不在我们所习惯的语言中，编缀出一两串近于音乐的句子来，慰藉自己，解放自己，去追求超实际的真美，读诗者的反应一定有一大半也和我们这写诗的一样诚实天真，仅想在我们句子中间由音乐性的愉悦，接触到一些生活的底蕴，渗合着美丽的憧憬；把我们的情绪给他们的情绪搭起一座浮桥；把我们的灵感，给他们生活添些新鲜；把我们的痛苦伤心再揉成他们自己忧郁的安慰！

我们的作品会不会长存在下去，也就看它们会不会活在那一些我们从不认识的人，我们作品的读者，散在各时，各处互相不认识的孤单的人的心里的，这种事它自己有自己的定律，并不需要我们的关心的。你的诗据我所知道的，它们仍旧在这里浮沉流落，你的影子也就浓淡参差的系在那些诗句中，另一端印在许多不相识人的心里。朋友，我不要过于看轻这种间接的生存，许多热情的人他们会为着你的存在，而加增了生的意识的。伤心的仅是那些你最亲热的朋友们和同兴趣的努力者，你不在他们中间的事实，将要永远是个不能填补的空虚。

你走后大家就提议要为你设立一个"志摩奖金"来继续你鼓励人家努力诗文的素志，勉强象征你那种对于文艺创造拥护的热心，使不及认得你的青年人永远对你保存着亲热。如果这事你不觉到太寒伧不够热气，我希望你原谅你这些朋友们的苦心，在冥冥之中笑着给我们勇气来做这一些蠢诚的事吧。

二十四年十一月十九日，北平

蛛丝和梅花

真真的就是那么两根蛛丝,由门框边轻轻的牵到一枝梅花上。就是那么两根细丝,迎着太阳光发亮……再多了,那还像样么?一个摩登家庭如何能容蛛网在光天白日里作怪,管它有多美丽,多玄妙,多细致,够你对着它联想到一切自然,造物的神工和不可思议处;这两根丝本来就该使人脸红,且在冬天够多特别!可是亮亮的,细细的,倒有点像银,也有点像玻璃制的细丝,委实不算讨厌,尤其是它们那么潇脱风雅,偏偏那样有意无意的斜着搭在梅花的枝梢上。

你向着那丝看,冬天的太阳照满了屋内,窗明几净,每朵含苞的,开透的,半开的梅花在那里挺秀吐香,情绪不禁迷茫缥缈的充溢心胸,在那刹那的时间中振荡。同蛛丝一样的细弱,和不必需,思想开始抛引出去;由过去牵到将来,意识的,非意识的,由门框梅花牵出宇宙,浮云沧波踪迹不定。是人性,艺术,还是哲学,你也无暇计较,你不能制止你情绪的充溢,思想的驰骋,蛛丝梅花竟然是瞬息可以千里!

好比你是蜘蛛,你的周围也有你自织的蛛网,细致地牵引着天地,不怕多少次风雨来吹断它,你不会停止了这生命上基本的活动。此刻"……一枝斜好,幽香不知甚处,……"

拿梅花来说吧,一串串丹红的结蕊缀在秀劲的傲骨上,最可爱,最可赏,等半绽将开的错落在老枝上时,你便会心跳!梅花最怕开;开了便没话说。索性残了,沁香拂散同夜里炉火都能成了一种温存的凄清。

记起了,也就是说到梅花,玉兰。初是有个朋友说起初恋时玉兰刚开完,天气每天的暖,住在湖旁,每夜跑到湖边林子里走路,又静坐幽僻石上看隔岸灯火,感到好像仅有如此虔诚的孤对一片泓碧寒星远市,才能把心里情绪抓紧了,放在最可靠最纯净的一撮思想里,始不至亵渎了或是惊着那"寤寐思服"的人儿。那是极年轻的男子初恋的情景,——对象渺茫高远,反而近求"自我的"郁结深浅,——他问起少女的情绪。

就在这里,忽记起梅花。一枝两枝,老枝细枝,横着,虬着,描着影子,喷着细香;太阳淡淡金色的铺在地板上;四壁琳琅,书架上的书和书签都像在发出言语;墙上小对联记不得是谁的集句;中条是东坡的诗。你敛住气,简直不敢喘息,踮起脚,细小的身形嵌在书房中间,看残照当窗,花影摇曳,你像失落了什么,有点迷惘。又像"怪东风着意相寻",有点儿没主意!浪漫,极端的浪漫。"飞花满地谁为扫?"你问,情绪风似的吹动,卷过,停留在惜花上面。再回头看看,花依旧嫣然不语。"如此娉婷,谁人解看花意,"你更沉默,几乎热情的感到花的寂寞,开始怜花,把同情统统诗意的交给了花心!

这不是初恋,是未恋,正自觉"解看花意"的时代。情绪的不同,不止是男子和女子有分别,东方和西方也甚有差异。情绪即使根本相同,情绪的象征,情绪所寄托,所栖止的事物却常常不同。水和星子同西方情绪的联系,早就成了习惯。一颗星子在蓝天里闪,一流冷涧倾泄一片幽愁的平静,便激起他们诗情的波涌,心里甜蜜的,热情的便唱着由那些鹅羽的笔锋散下来的"她的眼如同星子在暮天里闪",或是"明丽如同单独的那颗星,照着晚来的天",或"多少次了,在一流碧水旁边,忧愁倚下她低垂的脸"。

惜花,解花太东方,亲昵自然,含着人性的细致是东方传统的情绪。

此外年龄还有尺寸,一样是愁,却跃跃似喜,十六岁时的,微风零乱,不颓废,不空虚,踏着理想的脚充满希望,东方和西方却一样。人老了脉脉烟雨,愁吟或牢骚多折损诗的活泼。大家如香山,稼轩,东坡,放翁的白发华发,很少不梗在诗里,至少是令人不快。话说远了,刚说是惜花,东方老少都免不了这嗜好,这倒不论老的雪鬓曳杖,深闺里也就攒眉千度。

最叫人惜的花是海棠一类的"春红",那样娇嫩明艳,开过了残红满地,太招惹同情和伤感。但在西方即使也有我们同样的花,也还缺乏我们的廊庑庭院。有了"庭院深深深几许"才有一种庭院里特有的情绪。如果李易安的"斜风细雨"底下不是"重门须闭"也就不"萧条"得那样深沉可爱;李后主的"终日谁来"也一样的别有寂寞滋味。看花更须庭院,深深锁在里面认识,不时还得有轩窗栏杆,给你一点凭借,虽然也用不着十二栏杆倚遍,那么慵弱无聊。

当然旧诗里伤愁太多;一首诗竟像一张美的证券,可以照着市价去兑现!所以庭花,乱红,黄昏,寂寞太滥,诗常失却诚实。西洋诗,恋爱总站在前头,或是"忘掉",或是"记起",

月是为爱，花也是为爱，只使全是真情，也未尝不太腻味。就以两边好的来讲；拿他们的月光同我们的月色比，似乎是月色滋味深长得多。花更不用说了；我们的花"不是预备采下缀成花球，或花冠献给恋人的"，却是一树一树绰约的，个性的，自己立在情人的地位上接受恋歌的。

所以未恋时的对象最自然的是花，不是因为花而起的感慨，——十六岁时无所谓感慨，——仅是刚说过的自觉解花的情绪，寄托在那清丽无语的上边，你心折它绝韵孤高，你为花动了感情，实说你同花恋爱，也未尝不可，——那惊讶狂喜也不减于初恋。还有那凝望，那沉思……

一根蛛丝！记忆也同一根蛛丝，搭在梅花上就由梅花枝上牵引出去，虽未织成密网，这诗意的前后，也就是相隔十几年的情绪的联络。

午后的阳光仍然斜照，庭院阒然，离离疏影，房里窗棂和梅花依然伴和成为图案，两根蛛丝在冬天还可算为奇迹，你望着它看，真有点像银，也有点像玻璃，偏偏那么斜挂在梅花的枝梢上。

二十五年新年漫记

彼 此

朋友又见面了,点点头笑笑,彼此晓得这一年不比往年,彼此是同增了许多经验。个别的说,这时间中每一人的经历虽都有特殊的形相,含着特殊的滋味,需要个别的情绪来分析来描述。

综合的说,这许多经验却是一整片仿佛同式同色,同大小,同分量的迷惘。你触着那一角,我碰上这一头,归根还是那一片迷惘笼罩着彼此。七月!——这两字就如同史歌的开头那么有劲——八月,九月带来了那狂风,后来。后来过了年——那无法忘记的除夕!——又是那一月,二月,三月,到了七月,再接再厉的又到了年夜。现在又是一月二月在开始……谁记得最清楚,这串日子是怎样的延续下来,生活如何的变?想来彼此都不会记得过分清晰,一切都似乎在这离中旋转,但谁又会忘掉那么切肤的重重忧患的网膜？

经过炮火或流浪的洗礼，变换又变换的日月，难道彼此脸上没有一点记载这经验的痕迹？但是当整一片国土纵横着创痕，大家都是"离散而相失……去故乡而就远"，自然"心婵媛而伤怀兮，眇不知其所蹠"，脸上所刻那几道并不使彼此惊讶，所以还只是笑笑好。口角边常添几道酸甜的纹路，可以帮助彼此咀嚼生活。何不默认这一点：在迷惘中人最应该有笑，这种的笑，虽然是敛住神经，敛住肌肉，仅是毅力的后背，它却是必需的，如同保护色对于许多生物，是必需的一样。

那一晚在××江心，某一来船的甲板上，热臭的人丛中，他记起他那时的困顿饥渴和狼狈，旋绕他头上的却是那真实倒如同幻象，幻象又成了真实的狂敌杀人的工具，敏捷而近代型的飞机：美丽得像鱼像鸟……！这里黯然的一掬笑是必需的，因为同样的另外一个人懂得那原始的骤然唤起纯筋肉反射作用的恐怖。他也正在想那时他在××车站台上露宿，天上有月，左右有人，零落如同被风雨摧落后的落叶，瑟索地蜷伏着，他们心里都在回味那一天他们所初次尝到的敌机的轰炸！谈话就可以这样无限制的延长，因为现在都这样的记忆，——比这样更辛辣苦楚的——在各人心里真是太多了！随便提起一个地名大家所熟悉的都会或商埠，随着全会涌起怎样的一个最后印象！

再说初入一个陌生城市的一天，——这经验现在又多普遍——尤其是在夜间，这里就把个别的情形和感触除外，在大家心底曾留下的还不是一剂彼此都熟识的清凉散？苦里带涩，那滋味侵入脾胃时，小小的冷噤会轻轻在背脊上爬过，用不着丝毫锐性的感伤！也许他可以说他在那夜进入某某城内时，看到一列小店门前凄惶的灯，黄黄的发出奇异的晕光，使他嗓子里如梗着刺，感到一种发紧的触觉。你能所记得的却是某一号车站后面黯白的煤气灯射到陌生的街心里，使你心里好像失落了什么。

那陌生的城市，在地图上指出时，你所经过的同他所经过的也可以有极大的距离，你同他当时的情形也可以完全的不相同。但是在这里，个别的异同似乎非常之不相干；相干的仅是你我会彼此点头，彼此会意，于是也会彼此的笑笑。

七月在卢沟桥与敌人开火以后，纵横中国土地上的脚印密密的衔接起来，更加增了中国地域广漠的证据。每个人参加过这广漠地面上流转的大韵律的，对于尘土和血，两件在寻常不多为人所理会的，极寻常的天然质素，现在每人在他个别的角上，对它们都发生了莫大亲切的认识。每一寸土，每一滴血，这种话，已是可接触，可把持的十分真实的事物，不仅是一句话一个"概念"而已。

在前线的前线，兴奋和疲劳已掺拌着尘土和血另成一种生活的形体魂魄。睡与醒中间，饥与食中间，生和死中间，距离短得几乎不存在！生活只是一股力，死亡一片沉默的恨，事情简单得无可再简单。尚在生存着的，继续着是力，死去的也继续着堆积成更大的恨。恨又生力，力又变恨，惘惘地却勇敢地循环着，其它一切则全是悬在这两者中间悲壮热烈地穿插。

在后方，事情却没有如此简单，生活仍然缓弛地伸缩着；食宿生死间距离恰像黄昏长影，长长的，尽向前引伸，像要扑入夜色，同夜溶成一片模糊。在日夜宽泛的循回里于是穿插反更多了，真是天地无穷，人生长勤。生之穿插零乱而琐屑，完全无特殊的色泽或轮廓，更不必说英雄气息壮烈成分。斑斑点点仅像小血锈凝在生活上，在你最不经意中烙印生活。如果你有志不让生活在小处窳败，逐渐减损，由锐而钝，由张而弛，你就得更感谢那许多极平常而琐碎的摩擦,无日无夜地透过你的神经,肌肉或意识。这种时候,叹息是悬起了,因一切虽然细小,却绝非从前所熟识的感伤。每件经验都有它粗壮的真实,没有叹息的余地。口边那酸甜的纹路是实际哀乐所刻画而成,是一种坚忍韧性的笑。因为生活既不是简单的火焰时,它本身是很沉重,需要韧性地支持,需要产生这韧性支持的力量。

现在后方的问题,是这种力量的泉源在那里?决不凭着平日均衡的理智,——那是不够的,天知道!尤其是在这时候,情感就在皮肤底下"踊跃其若汤",似乎它所需要的是超理智的冲动!现在后方被缓的生活,紧的情感,两面摩擦得愁郁无快,居戚戚而不可解,每个人都可以苦恼而又热情地唱"终长夜之曼曼兮,掩此哀而不去",或"宁溘死而流亡兮,不忍为此之常愁"!支持这日子的主力在那里呢?你我生死,就不检讨它的意义以自大,也还需要一点结实的凭借才好。

我认得有个人,很寻常的过着国难日子的寻常人,写信给他朋友说,他的嗓子虽然总是那么干哑,他却要哑着嗓子私下告诉他的朋友:他感到无论如何在这时候,他为这可爱的老国家带着血活着,或流着血或不流着血死去,他都觉得荣耀,异于寻常的，他现在对于生与死都必然感到满足。这话或许可以在许多心弦上叩起回响，我常思索这简单朴实的情感是从那里来的。信念？像一道泉流透过意识，我开始明了理智同热血的冲动以外，还有个纯真的力量的出处。信心产生力量，又可储蓄力量。

信仰坐在我们中间多少时候了，你我可曾觉察到？信仰所给予我们的力量不也正是那坚忍韧性的倔强？我们都相信，我们只要都为它忠贞地活着或死去，我们的大国家自会永远地向前迈进，由一个时代到又一个时代。我们在这生是如此艰难，死是这样容易的时候，彼此仍会微笑点头的缘故也就在这里吧？现在生活既这样的彼此患难同味，这信心自是，我们此时最主要的连系，不信你问他为什么仍这样硬朗地活着，他的回答自然也是你的回答，如果他也问你。

信仰坐在我们中间多少时候了？那理智热情都不能代替的信心！

思索时许多事，在思流的过程中，总是那么晦涩，明了时自己都好笑所想到的是那么简单明显的事实！此时我拭下额汗，差不多可以意识到自己口边的纹路，我尊重着那酸甜的笑，因为我明白起来，它是力量。

话不用再说了，现在一切都是这么彼此，这么共同，个别的情绪这么不相干。当前的艰苦不是个别的，而是普遍的，充满整一个民族，整一个时代！我们今天所叫做生活的，过后它便是历史。客观的无疑我们彼此所熟识的艰苦正在展开一个大时代。所以别忽略了我们现在彼此的点点头。且最好让我们共同酸甜的笑纹，有力的，坚韧的，横过历史。

惟其是脆嫩

活在这非常富于刺激性的年头里,我敢喘一口气说,我相信一定有多数人成天里为观察听闻到的,牵动了神经,从跳动而有血裹着的心底下累积起各种的情感,直冲出嗓子,逼成了语言到舌头上来。这自然丰富的累积,有时更会倾溢出少数人的唇舌,再奔进到笔尖上,另具形式变成在白纸上驰骋的文字。这种文字便全是我们这个时代的出产,大家该千万珍视它!

现在,无论在那里,假如有一个或种的机会,我们能把许多这种自然触发出来的文字,交出给同时代的大众见面,因而或能激动起更多方面,更复杂的情感,和由这情感而形成更多方式的文字;一直造成了一大片丰富而且有力的创作的田壤,森林,江山……产生结结实实的我们这个时代特有的表情和文章;我们该不该诚恳的注意到这机会或能造出的事业,各人将各人的一点点心血献出来尝试？

假使，这里又有了机会联聚起许多人，为要介绍许多方面的文字，更连而研讨文章的质的方面；或指出已往文章的历程，或讲究到各种文章上比较的问题，连而无形的讲究到程度和标准等问题，我又敢相信，在这种景况下定会发生更严重鼓励写作的主动力。使创作界增加问题，或许。惟其是增加了问题，才助益到创造界的活泼和健康。文艺决不是蓬勃丛生的野草。

我们可否直爽的承认一桩事？创作的鼓动时常要靠着刊物把它的成绩布散出去吹风、晒太阳，和时代的读者把晤的。被风吹冷了，太阳晒萎了，固常有的事。被读者所欢迎，所冷淡，或误会，或同情，归根应该都是激励创造力的药剂！至于，一来就高举趾，二来就气馁的作者，每个时代都免不了有他们起落踪迹。这个与创作界主体的展动只成枝节问题。那一个创作兴旺的时代缺得了介绍散布作品的刊物，同那或能同情，或不了解的读众？

创作品是不能不与时代见面的，虽然作者的名姓，则并不一定。伟大作品没有和本时代见面，而被他时代发现珍视的固然有，但也只是偶然例外的事。希腊悲剧是在几万人前面唱演的，莎士比亚的戏更是街头巷尾的粗人都看得到的。到有刊物时代的欧洲，更不用说，一首诗文出来人人争买着看，就是中国在印刷艰难的时候，也是什么"传诵一时"；什么"人手一抄"等……

创作的主力固在心底，但逼迫着这只有时间性的情绪语言而留它在空间里的，却常是刊物这一类的鼓励和努力所促成。

现走遍人间是能刺激起创作的主力。尤其在中国，这种日子，那一副眼睛看到了些什么，舌头底下不立刻紧急的想说话，乃至于歌泣！如果创作界仍然有点消沉寂寞的话——努力的少，尝试的稀罕——那或是有别的缘故而使然。我们问：能鼓励创作界的活跃性的是些什么？刊物是否可以救济这消沉的？努力过刊物的诞生的人们，一定知道刊物又时常会因为别的复杂原因而夭折的。它常是极脆嫩的孩儿……那么有创作冲动的笔锋，努力于刊物的手臂，此刻何不联在一起，再来一次合作，逼着创造界又挺出一个新鲜的萌芽！管它将来能不能成田壤，成森林，成江山，一个萌芽是一个萌芽。脆嫩？惟其是脆嫩，我们大家才更要来爱护它。

这时代是我们特有的，结果我们单有情感而没有表现这情绪的艺术，眼看着后代人笑我们是黑暗时代的哑子，没有艺术，没有文章，乃至于怀疑到我们有不有情感！

回头再看到祖宗传流下那神气的衣钵，怎不觉得惭愧！说世乱，杜老头子过的是什么日子！辛稼轩当日的愤慨当使我们同情！……何必诉，诉不完。难道现在我们这时代没有形形色色的人物，喜剧悲剧般的人生作题？难道我们现时没有美丽，没有风雅，没有丑陋，恐慌，没有感慨，没有希望？！难道连经这些天灾战祸，我们都不会描述，身受这许多刺骨的辱痛，我们都不会愤慨高歌迸出一缕滚沸的血流？！

难道我们真麻木了不成？难道我们这时代的语辞真贫穷得不能达意？难道我们这时代真没有学问真没有文章？！朋友们努力挺出一根活的萌芽来，记着这个时代是我们的。

第 一 幕

我想像到编剧时,一个作者对他的"第一幕"是怎样个态度,我总替作者难为情。好像一个母亲请客以前,在一堆孩子中间,对她的大女儿带着央求的口气说:"你是大姊姊呢,你总得让一点,你还得替妈妈多帮点忙才是好孩子!"于是大姊姊脸红着,知道做大姊姊真是做大姊姊,你一点不能含糊,你自己的自尊心和骄傲就不容你。

于是一样是一幕,第一幕的肩膀上却多背上许多严重的责任,累得一身汗却不能令人知道你在忙些什么,回头好让弟弟妹妹干干净净,脸圆圆的,眼珠发着亮,还许带着顽皮相,一个接着一个出来,使人看了欢喜。

作者捧着一堆宝贵的材料,和第一幕商量:你看这一堆人物事实,我要告诉这全世界这些这些话,我要他们每个都听到,我还要他们都感到这些这些问题，这些这些人生的症结，花样，我要他们同我一样感触，疑虑，悲苦，快畅……你替我想想我该从哪里开始。

你看，作者手指着幻想中的千万观众给第一幕看，这许多人老远的跑到这里来，老老实实的化了钱买了票，挤在人群中坐着等你，等你把我这一堆宝贵的材料好好的展览出来。你得知道我们时间真不多，你得经济，敏捷，一样一样的不露痕迹的介绍起来——地点，时间，人物的背景，互相的关系，人物每个的本身！

说起人物，作者更郑重的对着第一幕非常认真的脸望，说起人物，这可又要麻烦你特别的加小心，这里要紧的是明晰，不是铺张，出场的每一个人观众都不认识，说话里所提到的每一个亲戚，朋友，闲人，也都不能糊里糊涂，令人摸不着头脑。并且中坚人物之外，所有合作的配角，人数形状职务也要你第一幕自己选择。记着处处要经济，这些人物在剧文中既不是均等的重要，你第一幕就得帮忙观众节省精力，不要滥废了不必需的注意力，集中他们的精神抓住剧情的枢纽，或是人物的性格，或是其动作，计划的或偶然的，或是一件主要物事。

说到这里问题又严重了，第一幕的工作自然是介绍，在短时间中，你得介绍出来许多关系人物，但是事实人物之中又都有轻重之处，你陈列出来一堆事一堆人，观众对他们既都是陌生的，你又如何使他们不茫然不知何去何从呢？

如果你慌慌张张，把所有主要角色事物都捧出来，挤在混乱中间，等观众慢慢去猜想，或会悟那几个是重要的，自动的由混乱中集中注意，别说时间不经济，多数的观众根本就嫌太吃力，懒得用心到那样程度。观众本来不是到剧场去绞尽脑浆猜想作者用意所在的！

因此介绍是绝对不能不有秩序，并且在介绍最主要的人物之前，一定需要相当的准备，一等介绍出来则观众不能不给他特种的注意。这准备是可以事半功倍的，所以值得研究。

那么能引起观众特别注意的到底是什么？对于这点，观众从来不曾骗过作者，他们说：老实告诉你，你要引不起我们的兴趣，你就别想我们给你注意，更别说什么同情。（一个人尽可以在台上自杀，搥胸痛哭，观众可以很不高兴想怎样去□车回家睡觉。）这句话很干脆，作者如果不太糊涂，他自然就得先逗起观众的兴趣——一种好奇心——就拿这逗起来的兴趣，作向导来引人入胜。所以一个剧的开始时,所引起的兴趣是大大的有责任的。它是前面打着的灯笼,一路上照着整个剧本的线索。佛来弟急着刚要去给他母亲雇车时和卖花女撞个满怀(萧伯纳的《卖花女》第一幕。——作者原注);花篮掉在地上他也没有理的走了,剩下卖花女不断的埋怨,用她那可笑的乡伧语言。这里好处不止是引起观众的兴趣,要紧的是不着痕迹的介绍卖花女,和她的怪腔调的语言。等一会旁人再告诉卖花女,后面有个人在那里说她的每一句话,观众的注意便一直引到了剧情的最主要的关键上去。

如果第一幕只为着热闹,讨好于观众,无端的要逗起他们乐一回,那只是错引了他们的注意到岔道上去,等到观众忽然感觉到走岔了道儿,那时的恼羞成怒,一股怨气作兴全要派到作者的头上去的。

易卜生写他的《社会柱石》时,写信给人说,第一幕常是最难的一幕,这话不是无因的,经验教训了他,使他匆匆重写他的第一幕。他的《罗斯马庄》的初稿("白马")与后来发表的颇不相同。最大的分别也就在那迷信白马来临一节的提前,引起一个可怕的空气,加上牧师绕道不敢走那条板桥,因为"那桩事谁也不容易忘记"等等，令人不能不对那迷信好奇。

总而言之，第一幕最大的任务是介绍。不论其为背景人物，介绍的工作除明晰外，还要引导观众集中注意，不靡费精力。要观众集中注意的唯一方法则是引逗他们发生兴趣，在剧情的最有关键的地方。

那么一开头就得引逗兴趣，无疑的是个非同小可的工作。它所取的方式需要灵活或明显，要自然，不露痕迹，要来得早，来得干脆，别等到别人家咳嗽，摇着剧单，互相耳语表示不耐烦。并且这工作须彻底的懂得他本身的使命，不在无端的讨好观众，却是为其剧情关键作重要的准备——是集中的工作，不是枝节的点缀。

萧伯纳的《康第达》第一幕中一介绍完了声望极著的谟勒牧师之后，由牧师及其男女书记口中便引起观众对牧师爱妻康第达的非常浓挚的兴趣。等到康第达出场之后，观众的兴趣又立刻被引到青年佑瑾身上。佑瑾出场以后，观众立刻便又对着他们中间互相的关系发生兴趣，这互相的关系本来就是这剧情中的关键所在。

奥尼尔的《奇异的插曲》（Strange Interlude）第一幕所介绍的，最重要的便是妮娜的心理变态，观众的兴趣便被作者由一开头一间书房起,一步一步由查利的回想,而老父的苦痛,而妮娜自己的行动走上去,达到妮娜决定离家的一个大的"悬点"(Suspense)上,注意完全集中在妮娜的将来。

表现派中剧文简单到的"机器算盘",它的第一幕也能极无痕迹的,把观众的兴趣引到那在场两个角色的生活上。在场上一共只有夫妇两人,丈夫躺在床上,老婆站着梳头,预备睡觉,嘴中单独的说出他们单调生活中所引起的,极委琐丑陋的简单思想,这里唯其是单调委琐到令人悲惨,所以才会令人对这躺在床上的人的生活发生同情,希奇他日间过得是怎样个日子!所以等到看到第二幕里,那单调的办公室中记账员生活,观众所有的怜悯心,便早已有了彻底的根据。

一本好剧的第一幕,都是有两个可贵的肩膀,上面能挺着许多艰难的工作的。每一个剧本如果要成功,是绝不能缺乏这么一个任劳任怨的大女儿的。作者在未动笔以前自是难为情的说:"你是大姊姊呢,……"但是同时也毫不客气的,把许多责任加在这要撑面子的大女儿身上!

究竟怎么一回事

写诗究竟是怎么一回事？

写诗，或可说是要抓紧一种一时闪动的力量，一面跟着潜意识浮沉，摸索自己内心所萦回，所着重的情感——喜悦，哀思，忧怨，恋情，或深，或浅，或缠绵，或热烈；又一方面顺着直觉，认识，辨味，在眼前或记忆里官感所触遇的意象——颜色，形体，声音，动静，或细致，或亲切，或雄伟，或诡异；再一方面又追着理智探讨，剖析，理会这些不同的性质，不同分量，流转不定的情感意象所互相融会，交错策动而发生的感念；然后以语言文字（运用其声音意义）经营，描画，表达这内心意象，情绪，理解在同时间或不同时间里，适应或矛盾的所共起的波澜。

写诗，或又可说是自己情感的，主观的，所体验了解到的；和理智的，客观的所检察辨别到的，同时达到一个程度，腾沸横溢，不分宾主的互相起了一种作用，由于本能的冲动，凭着一种天赋的兴趣和灵巧，驾驭一串有声音，有图画，有情感的言语，来表现这内心与外物息息相关的联系，及其所发生的悟理或境界。

写诗，或又可以说是若不知其所以然的，灵巧的诚挚的，在传译给理想的同情者，自己内心所流动的情感穿过繁复的意象时，被理智所窥探而由直觉与意识分着记取的符录！一方面似是惨淡经营，——至少是专诚致意，一方面似是借力于平时不经意的准备，"下笔有神"的妙手偶然拈来；忠于情感，又忠于意象，更忠于那一串刹那间内心整体闪动的感悟。

写诗，或又可说是经过若干潜意识的酝酿，突如其来的，在生活中意识到那么凑巧的一顷刻小小时间；凑巧的，灵异的，不能自已的，流动着一片浓挚或深沉的情感，敛聚着重重繁复演变的情绪，更或凝定入一种单纯超卓的意境，而又本能地迫着你要刻画一种适合的表情。这表情积极的，像要流泪叹息或歌唱欢呼，舞蹈演述；消极的，又像要幽独静处，沉思自语。换句话说，这两者合一，便是一面要天真奔放，热情底自白去邀同情和了解，同时又要寂寞沉默、孤僻的自守来保持悠然自得的完美和严肃！

雅读

在这一个凑巧的一顷刻小小时间中（着重于那凑巧的），你的所有直觉，理智，官感，情感，记性和幻想，独立的及交互的都迸出它们不平常的锐敏，紧张，雄厚，壮阔及深沉。在它们潜意识的流动，——独立的或交互的融会之间——如出偶然而又不可避免的涌上一闪感悟，和情趣——或即所谓灵感——或是亲切的对自我得失悲欢；或辽阔的对宇宙自然；或智慧的对历史人性。这一闪感悟或是混沌朦胧，或是透彻明晰。像光同时能照耀洞察，又能抚摩包含你的所有已经尝味，还在尝味，及幻想尝味的"生"的种种形色质量，且又活跃着其间综错重叠于人于我的意义。

这感悟情趣的闪动——灵感的脚步——来得轻时，好比潺潺清水婉转流畅，自然的洗涤，浸润一切事物情感，倒影映月，梦残歌罢，美感的旋起一种超实际的权衡轻重，可抒成慷慨缠绵千行的长歌，可留下如幽咽微叹般的三两句诗词。愉悦的心声，轻灵的心画，常如啼鸟落花，轻风满月，夹杂着情绪的缤纷；泪痕巧笑，奔放轻盈，若有意若无意的遗留在各种言语文字上。

但这感悟情趣的闪动，若激越澎湃来得强时，可以如一片惊涛飞沙，由大处见到纤微，由细弱的物体看它变动，宇宙人生，幻若苦谜。一切又如经过烈火燃烧锤炼，分散，减化成为净纯的茫焰气质，升处所有情感意象于空幻，神秘，变移无定，或不减不变绝对，永恒的玄哲境域里去，卓越隐奥，与人性情理遥远的好像隔成距离。身受者或激昂通达，或禅寂淡远，将不免挣扎于超情感，超意象，乃至于超言语，以心传心的创造。隐晦迷离，如禅偈玄诗，便不可制止的托生在与那幻理境界几不适宜的文字上，占定其生存权。

写诗……

总而言之，天知道究竟写诗是怎么一回事。在写诗的时候，或者是"我知道，天知道"；到写了之后，最好学 Browning 不避嫌疑的自讥的，只承认"天知道"，天下关于写诗的笔墨官司便都省了。

我们仅听到写诗人自己说一阵奇异的风吹过，或是一片澄清的月色，一个惊讶，一次心灵的振荡，便开始他写诗的尝试，迷于意境文字音乐的搏斗，但是究竟这奇异的风和月，心灵的振荡或惊讶是甚么？是不是仍为那可以追踪到内心直觉的活动；到潜意识后面那综错交流的情感与意象；那意识上理智的感念思想；以及要求表现的本能冲动？灵异的风和月所指的当是外界的一种偶然现象，同时却也是指它们是内心活动的一种引火线。诗人说话没有不打比喻的。

我们根本早得承认诗是不能脱离象征比喻而存在的。在诗里情感必依附在意象上，求较具体的表现；意象则必须较明晰地或沉着地，恰适地烘托情感，表征含义。如果这还需要解释，常识的，我们可以问：在一个意识的或直觉的，官感，情感，理智，同时并重的一个时候，要一两句简约的话来代表一堆重叠交错的外象和内心情绪思想所发生的微妙的联系，而同时又不失却原来情感的质素分量，是不是容易或可能的事？一个比喻或一种象征在字面或事物上可以极简单，而同时可以带着字面事物以外的声音颜色形状，引起它们与其他事物关系的联想。这个办法可以多方面地来辅助每句话确实的含义，而又加增官感情感理智每方面的刺激和满足，道理甚为明显。

无论什么诗都从不曾脱离过比喻象征，或比喻象征式的言语。诗中意象多不是寻常纯客观的意象。诗中的云霞星宿，山川草木，常有人性的感情，同时内心人性的感触反又变成外界的体象，虽简明浅现隐奥繁复各有不同的。但是诗虽不能缺乏比喻象征，象征比喻却并不是诗。

诗的泉源，上面已说过，是意识与潜意识的融会交流综错的情感意象和概念所促成；无疑的，诗的表现必是一种形象情感思想合一的语言。但是这种语言，不能仅是语言，它又须是一种类似动作的表情，这种表情又不能只是表情，而须是一种理解概念的传达。它同时须不断的传译情感，描写现象诠释感悟。它不是形体而须创造形体颜色；它是音声，却最多仅要留着长短节奏。最要紧的是按着疾徐高下，和有限的铿锵音调，依附着一串单独或相联的字义上边；它须给直觉意识，情感理智，以整体的快惬。

因为相信诗是这样繁难的一列多方面条件的满足，我们不能不怀疑到纯净意识的，理智的，或可以说是"技术的"创造——或所谓"工"之绝无能为。诗之所以发生，就不叫它做灵感的来临，主要的亦当在那一闪力量突如其来，或灵异的一刹那的"凑巧"，将所有繁复的"诗的因素"都齐集会萃于一俄顷偶然的时间里。所以诗的创造或完成，主要亦当在那灵异的，凑巧的，偶然的活动一部分属意识，一部分属直觉，更多一部分属于潜意识的，所谓"不以文而妙"的"妙"。理智情感，明晰隐晦都不失之过偏。意象瑰丽迷离，转又朴实平淡，像是纷纷纭纭不知所从来，但飘忽中若有必然的线索可寻；理解玄奥繁难，也像是纷纷纭纭莫明所以。但错杂里又是斑驳分明，情感穿插联系其中，若有若无，给草木气候，给热情颜色。一首好诗在一个会心的读者前边有时真会是一个奇迹！但是伤感流丽，铺张的意象，涂饰的情感，用人工连缀起来，疏忽的看去，也未尝不像是诗。故作玄奥渊博，颠倒义象，堆砌起重重理喻的诗，也可以吓然惊人一下。

写诗究竟是怎么一回事，真是惟有天知道得最清楚！读者与作者，读者与读者，作者与作者关于诗的意见，历史告诉我传统的是要永远的差别分歧，争争吵吵到无尽时。因为老实的说，谁也仍然不知道写诗是怎么一回事的，除却如这篇文字所表示的，勉强以抽象的许多名词，具体的一些比喻来捉摸描写那一种特殊的直觉活动，献出一个极不能令人满意的答案。

闲谈关于古代建筑的一点消息

(附梁思成君通讯四则)

在这整个民族和他的文化,均在挣扎着他们垂危的运命的时候,凭你有多少关于古代艺术的消息,你只感到说不出口的难受!艺术是未曾脱离过一个活泼的民族而存在的;一个民族衰败湮没,他们的艺术也就跟着消沉僵死。知道一个民族在过去的时代里,曾有过丰富的成绩,并不保证他们现在仍然在活跃繁荣的。

但是反过来说,如果我们到了连祖宗传留下的家产都没有能力清理,或保护;乃至于让家里的至宝毁坏散失,或竟拿到旧货摊上变卖;这现象却又恰恰证明我们这做子孙的没有出息,智力德行已经都到了不能再堕落的田地。睁着眼睛向旧有的文艺喝一声:"去你的,咱们维新了,革命了,用不着再留丝毫旧有的任何智识或技艺了。"这话不但不通，简直是近乎无赖！

话是不能说到太远，题目里已明显的提过有关于古建筑的消息在这里，不幸我们的国家多故，天天都是迫切的危难临头，骤听到艺术方面的消息似乎觉到有点不识时宜，但是，相信我——上边已说了许多——这也是我们当然会关心的一点事，如果我们这民族还没有堕落到不认得祖传宝贝的田地。

这消息简单的说来，就是新近有几个死心眼的建筑师，放弃了他们盖洋房的好机会，卷了铺盖到各处测绘几百年前他们同行中的先进，用他们当时的一切聪明技艺，所盖惊人的伟大建筑物，在我投稿时候正在山西应县辽代的八角五层木塔前边。

山西应县的辽代木塔，说来容易，听来似乎也平淡无奇，值不得心多跳一下，眼睛睁大一分。但是西历一○五六到现在，算起来是整整的八百七十七年。古代完全木构的建筑物高到二百八十五尺，在中国也就剩这一座独一无二的应县佛宫寺塔了。比这塔更早的木构已经专家看到，加以认识和研究的，在国内的只不过五处[1]而已。

中国建筑的演变史在今日还是个灯谜，将来如果有一天，我们有相当的把握写部建筑史时，那部建筑史也就可以像一部最有趣味的侦探小说，其中主要的人物给侦探以相当方便和线索的，左不是那几座现存的最古遗物。现在唐代木构在国内还没找到一个，而宋代所刊营造法式又还有困难不能完全解释的地方，这距唐不久，离宋全盛时代还早的辽代，居然遗留给我们一些顶呱呱的木塔，高阁，佛殿，经藏，帮我们抓住前后许多重要的关键，这在几个研究建筑的死心眼人看来，已是了不起的事了。

我最初对于这应县木塔似乎并没有太多的热心，原因是思成自从知道了有这塔起，对于这塔的关心，几乎超过他自己的日常生活。早晨洗脸的时候，他会说"上应县去不应该是太难吧"。吃饭的时候，他会说"山西都修有顶好的汽车路了"。走路的时候，他会忽然间笑着说，"如果我能够去测绘那应州塔，

---

[1] 蓟县独乐寺观音阁及山门，辽统和二年，公元九八四年。大同下华严寺薄伽教藏，辽重熙七年，一〇三八年。宝坻广济寺三大士殿，辽太平五年，一〇二五年。义县奉国寺大雄宝殿，辽开泰九年，一〇二〇年。

我想，我一定……"他话常常没有说完，也许因为太严重的事怕语言亵渎了，最难受的一点是他根本还没有看见过这塔的样子，连一张模糊的相片，或翻印都没有见到！

有一天早上，在我们少数信件之中，我发现有一个纸包，寄件人的住址却是山西应县××斋照相馆！——这才是侦探小说有趣的一页，——原来他想了这么一个方法写封信"探投山西应县最高等照相馆"，弄到一张应州木塔的相片。我只得笑着说阿弥陀佛，他所倾心的幸而不是电影明星！这照相馆的索价也很新鲜，他们要一点北平的信纸和信笺作酬金，据说因为应县没有南纸店。

时间过去了三年让我们来夸他一句"有志者事竟成"吧，这位思成先生居然在应县木塔前边——何止，竟是上边，下边，里边，外边——绕着测绘他素仰的木塔了。

通 讯 一

……大同工作已完，除了华严寺外都颇详尽，今天是到大同以来最疲倦的一天，然而也就是最近于首途应县的一天了,十分高兴。明晨七时由此搭公共汽车赴岱,由彼换轿车"起早",到即电告。你走后我们大感工作不灵,大家都用愉快的意思回忆和你各处同作的畅顺,悔惜你走得太早。我也因为想到我们和应塔特殊的关系,悔不把你硬留下同去瞻仰。家里放下许久实在不放心,事情是绝对没有办法,可恨。应县工作约四五日可完,然后再赴×县……

通讯 二

昨晨七时由同乘汽车出发,车还新,路也平坦,有时竟走到每小时五十哩的速度,十时许到岱岳。岱岳是山阴县一个重镇,可是雇车费了两个钟头才找到,到应县时已八点。

离县二十里已见塔,由夕阳返照中见其闪烁,一直看到它成了剪影,那算是我对于这塔的拜见礼。在路上因车摆动太甚,稍稍觉晕,到后即愈。县长养有好马,回程当借匹骑走,可免受晕车苦罪。

今天正式的去拜见佛宫寺塔,绝对的 Overwhelming,好到令人叫绝,喘不出一口气来半天!

塔共有五层,但是下层有副阶(注:重檐建筑之次要一层,宋式谓之副阶)上四层,每层有平坐,实算共十层。因梁架斗拱之不同,每层须量俯视,仰视,平面各一;共二十个平面图要画!塔平面是八角,每层须做一个正中线和一个斜中线的断面。斗拱不同者三四十种,工作是意外的繁多,意外的有趣,未来前的"五天"工作预算恐怕不够太多。

塔身之大,实在惊人,每面三开间,八面完全同样。我的第一个感触,便是可惜你不在此,同我享此眼福,不然我真不知你要几体投地的倾倒!回想在大同善化寺暮色里同向着塑像瞠目咋舌的情形,使我愉快得不愿忘记那一刹那人生稀有的由审美本能所触发的锐感。尤其是同几个兴趣同样的人在同一个时候浸在那锐感里边。士能忘情时那句"如果元明以后有此精品我的刘字倒挂起来了",我时常还听得见。这塔比起大同诸殿更加雄伟,单是那高度已可观,士能很高兴他竟听我们的劝说没有放弃这一处,同来看看,虽然他要不待测量先走了。

应县是一个小小的城，是一个产盐区，在地下掘下不深就有咸水，可以煮盐，所以是个没有树的地方，在塔上看全城，只数到十四棵不很高的树！

工作繁重，归期怕要延长很多，但一切吃住都还舒适，住处离塔亦不远，请你放心。……

通讯 三

士能已回，我同莫君留此详细工作，离家已将一月却似更久。想北平正是秋高气爽的时候。非常想家！

像片已照完，十层平面全量了，并且非常精细，将来誊画正图时可以省事许多。明天起，量斗拱和断面，又该飞檐走壁了。我的腿已有过厄运，所以可以不怕。现在做熟了，希望一天可做两层，最后用仪器测各檐高度和塔刹，三四天或可竣工。

这塔真是个独一无二的伟大作品，不见此塔，不知木构的可能性，到了什么程度。我佩服极了，佩服建造这塔的时代，和那时代里不知名的大建筑师，不知名的匠人。

这塔的现状尚不坏,虽略有朽裂处。八百七十余年的风雨它不动声色的承受。并且它还领教过现代文明:民十六七年间冯玉祥攻山西时,这塔曾吃了不少的炮弹,痕迹依然存在,这实在叫我脸红。第二层有一根泥道拱竟为打去一节,第四层内部阑额内尚嵌着一弹,未经取出,而最下层西面两檐柱都有碗口大小的孔,正穿通柱身,可谓无独有偶。此外枪孔无数,幸而尚未打倒,也算是这塔的福气。现在应县人士有捐钱重修之议,将来回平后将不免为他们奔走一番,不用说动工时还须再来应县一次。

×县至今无音信,虽然前天已发电去询问,若两三天内回信来,与大同诸寺略同则不去,若有唐代特征如人字拱(!)鸱尾等等,则一步一磕头也要去的!……

通 讯 四

……这两天工作颇顺利,塔第五层(即顶层)的横断面已做了一半,明天可以做完。断面做完之后,将有顶上之行,实测塔顶相轮之高;然后楼梯,栏杆,格扇的详样;

然后用仪器测全高及方向；然后抄碑；然后检查损坏处，以备将来修理。我对这座伟大建筑物目前的任务，便暂时告一段落了。

今天工作将完时，忽然来了一阵"不测的风云"。在天晴日美的下午五时前后狂风暴雨，雷电交作。我们正在最上层梁架上，不由得不感到自身的危险，不单是在二百八十多尺高将近千年的木架上，而且紧在塔顶铁质相轮之下，电母风伯不见得会讲特别交情。我们急着爬下，则见实测纪录册子已被吹开，有一页已飞到栏杆上了。若再迟半秒钟，则十天的功作有全部损失的危险，我们追回那一页后，急步下楼——约五分钟——到了楼下，却已有一线娇阳，由蓝天云隙里射出，风雨雷电已全签了停战协定了。我抬头看塔仍然存在，庆祝它又避过了一次雷打的危险，在急流成渠的街道（？）上，回到住处去。

我在此每天除爬塔外，还到××斋看了托我买信笺的那位先生。他因生意萧条，现在只修理钟表而不照相了。……

这一段小小的新闻，抄用原来的通讯，似乎比较可以增加读者的兴趣，又可以保存朝拜这古塔的人的工作时印象和经过，又可以省却写这段消息的人说出旁枝的话。虽然在通讯里没讨论到结构上的专门方面，但是在那一部侦探小说里也自成一章，至少那××斋照相馆的事例颇有始有终，思成和这塔的姻缘也可算圆满。

关于这塔，我只有一桩事要加附注。在佛宫寺的全部平面布置上，这塔恰恰在全寺的中心，前有山门，钟楼，鼓楼东西两配殿，后面有桥通平台，台上还有东西两配殿和大配。这是个极有趣的布置，至少我们疑心古代的伽蓝有许多是如此把高塔放在当中的。

和平礼物

在北京举行的亚洲及太平洋区域和平会议的繁重而又细致的筹备工作中,活跃着一个小小部分,那就是在准备着中国人民献给和平代表们的礼物,作为代表们回国以后的纪念品。

经过艺术工作者们热烈的讨论、设计和选择,决定了四大种类礼物:

第一类是专为这次会议而设计的特别的纪念物两种:一是华丽而轻柔的丝质彩印头巾;一是充满节日气氛的刺绣和"平金"的女子坎肩。这两种礼物都有象征和平的图案;都是以飞翔的和平白鸽为主题;图案富于东方格调,色彩鲜明,极为别致。

第二类是道地的中国手工艺品,是出产在北京的几种特种手工艺品,如景泰蓝、镶嵌漆器、"花丝"银饰物、细工绝技的象牙刻字和挑花手绢等。

还有两类：一是各种精印画册；一是文学创作中的名著。画册包括年画集、民间剪纸窗花、敦煌古代壁画的复制画册和老画家与新画家的创作选集等。文学名著包括获得斯大林奖金的三部荣誉作品。

这些礼物中每一件都渗透和充满着中国人民对和平的真挚的愿望。由巨大丰富的画册，到小巧玲珑的银丝的和平鸽子胸针，到必须用放大镜照着看的象牙米粒雕刻的毕加索的和平鸽子，和鸽子四周的四国文字的"和平"字样，无一不是一种和平的呼声。这呼声似乎在说："和平代表们珍重，珍重，纪念着你们这次团结争取和平的光荣会议，继续奋斗吧。不要忘记正在和平建设、拯救亚洲和世界和平的中国人民。看，我们辛勤劳动的一双双的手是永远愿为和平美好的生活服务的。不论我们是用笔墨写出的，颜色画出的，刀子刻出的，针线绣出的，或是用各种工艺材料制造的，它们都说明一个愿望：我们需要和平。代表们，把我们五亿人民保卫和平的意志传达给亚洲及太平洋各岸的你们祖国里的人民吧。"

我们选定了北京的手工艺品作为礼品的一部，也是有原因的。中国工艺的卓越的"工夫"，在世界上古今著名，但这还不是我们选择它的主要原因。我们选择它是因为解放以后，我们新图案设计的兴起，代表了我们新社会在艺术方面一股新生的力量。它在工艺方面正是剔除封建糟粕、恢复民族传统的一支文化生力军。这些似乎平凡的工艺品，每件都确是既代表我们的艺术传统，又代表我们蓬勃气象的创作。我们有很好的理由拿它们来送给为和平而奋斗的代表们。

这些礼品中的景泰蓝图案，有出自汉代刻玉纹样，有出自敦煌北魏藻井和隋唐边饰图案，也有出自宋锦草纹，明清彩磁的。但这些都是经过融会贯通，要求达到体型和图案的统一性的。在体型方面，我们着重轮廓线的柔和优美和实用方面相结合，如台灯，如小圆盒都是经过用心处理的。在色彩方面，我们要对比活泼而设色调和，要取得华贵而安静的总效果，向敦煌传统看齐的。这些都是一反过去封建没落时期的繁琐、堆砌、不健康的工艺作风的。所以这些也说明了我们是努力发扬祖国艺术的幸福人民。我们渴望的就是和平的世界。

在景泰蓝制作期间，工人同志们的生产态度更说明了这问题。当他们知道了他们所承担的工作跟和平有关时，他们的情绪是那么高涨，他们以高度的热诚来对待他们手中那一系列繁重的掐丝、点蓝和打磨的工作。过去"慢工出细活"的思想，完全被"找窍门"的热情所代替。他们不断地缩短制作过程，又自动地加班和缩短午后的休息时间，提早完成了任务。在瑞华等五个独立作坊中，由于工人们工作的积极和认真，使珐琅质地特别匀净，图案的线纹和颜色都非常准确。工人们说：我们的生活一天比一天美满，我们要保证我们的和平幸福生活，承制和平礼品是我们最光荣的任务。当和平宾馆的工人们在一层楼一层楼地建筑上去的时候，这边景泰蓝的工人们也正在一个盒子、一个烟碟上点着珐琅或脚蹬转轮，目不转睛地打磨着台灯座，心里也只有一个念头："是的，我们要过和平的日子。这些美丽的纪念品，无论它们是银丝胸针，还是螺钿漆盒；上面是安静的莲花，还是飞舞的鸽子；它们都是在这种酷爱和平的情绪下完成的。它们是'不简单'的；这些中国劳动人民所积累的智慧的结晶，今天为全世界人民光明的目的——和平而服务了。"

礼品中还应该特别详细介绍的是丝质彩印头巾的图案和刺绣坎肩的制作过程。

头巾的图案本身，就有重要的历史意义。这个彩色图案是由敦煌千佛洞内，北魏时代天花上取来应用的。我们对它的内容只加以简单的变革，将内心主题改为和平鸽子后，它就完全适合于我们这次的特殊用途了。有意义的是：它上面的花纹就是一千多年前，亚洲几个民族在文化艺术上和平交流的记录；西周北魏的"忍冬叶"草纹就是古代西域伊兰语系民族送给我们的——来自中亚细亚的影响。中间的大莲花是我们邻邦印度民族在艺术图案上宝贵的赠礼。莲瓣花纹今天在我国的雕刻图案中已极普遍地应用着，我们的亚洲国家的代表们一定都会认出它们的来历的。这些花样里还有来自更遥远的希腊的，它们是通过波斯（伊朗）和印度的健驮罗而来到我国的。

这个图案在颜色上比如土黄、石绿、赭红和浅灰蓝等美妙的配合，也是受过许多外来影响之后，才在中国生根的。以这个图案作为保卫亚洲和世界和平的纪念物是再巧妙、再适当没有的。三位女青年工作同志赶完了这个细致的图样之后，兴奋得说不出话来。她们曾愉快地做过许多临摹工作，但这次向着这样光荣的目的赶任务，使她们感到像做了和平战士一样的骄傲。

在刺绣坎肩制作过程中，由镶边到配色都是工人和艺术工作者集体创造的记录。永合成衣铺内，两位女工同志和四位男工同志，都是热情高涨地用尽一切力量，为和平礼品工作。他们用套裁方法，节省下材料，增产了八件成品。在二十天的工作中，他们每天都是由早晨七点工作至夜深十二点。只有一次因为等衣料，工作中断过两小时。参加这次工作的刺绣业工作者共有十七家独立生产户，原来每日十小时的工作都增至十四至十六小时，共完成了二百十六只鸽子。绣工和金线平金都做得非常整齐。这一百零八件坎肩因不同绣边，不同颜色的处理，每一件都不同而又都够得上称为一件优秀的艺术品。三年来我们欢庆节日正要求有像这一类美丽服装的点缀，青年男女披上金绣彩边的坎肩会特别显出东方民族的色彩。但更有意思的是世界上许多国家的男女都用绣花坎肩，如西班牙、匈牙利与罗马尼亚等；此外在我国的西南与西北，男子们也常穿革制背心，上面也有图案。

和平战士们，请接受这份小小的和平礼品吧，这是中国劳动人民送给你们的一点小小的纪念品。

我们的首都

中 山 堂

我们的首都是这样多方面的伟大和可爱,每次我们都可以从不同的事物来介绍和说明它,来了解和认识它。我们的首都是一个最富于文物建筑的名城;从文物建筑来介绍它,可以更深刻地感到它的伟大与罕贵。下面这个镜头就是我要在这里首先介绍的一个对象。

它是中山公园内的中山堂。你可能已在这里开过会,或因游览中山公园而认识了它;你也可能是没有来过首都而希望来的人,愿意对北京有个初步的了解。让我来介绍一下吧,这是一个愉快的任务。

这个殿堂的确不是一个寻常的建筑物;就是在这个满是文

物建筑的北京城里，它也是极其罕贵的一个。因为它是这个古老的城中最老的一座木构大殿，它的年龄已有五百三十岁了。它是十五世纪二十年代的建筑，是明朝永乐由南京重回北京建都时所造的许多建筑物之一，也是明初工艺最旺盛的时代里，我们可尊敬的无名工匠们所创造的、保存到今天的一个实物。

这个殿堂过去不是帝王的宫殿，也不是佛寺的经堂；它是执行中国最原始宗教中祭祀仪节而设的坛庙中的"享殿"。中山公园过去是"社稷坛"，就是祭土地和五谷之神的地方。

凡是坛庙都用柏树林围绕，所以环境优美，成为现代公园的极好基础。社稷坛全部包括中央一广场，场内一方坛，场四面有短墙和棂星门；短墙之外，三面为神道，北面为享殿和寝殿；它们的外围又有红围墙和美丽的券洞门。正南有井亭，外围古柏参天。

中山堂的外表是个典型的大殿。白石镶嵌的台基和三道石阶，朱漆合抱的并列立柱，精致的门窗，青绿彩画的阑额，由于综错木材所组成的"斗拱"和檐椽等所造成的建筑装饰，加上黄琉璃瓦巍然耸起，微曲的坡顶，都可说是典型的、但也正是完整而美好的结构。它比例的稳重，尺度的恰当，也恰如它的作用和它的环境所需要的。它的内部不用天花顶棚，而将梁架斗拱结构全部外露，即所谓"露明造"的格式。我们仰头望去，就可以看见每一块结构的构材处理得有如装饰画那样美丽，同时又组成了巧妙的图案。当然，传统的青绿彩绘也更使它灿烂而华贵。但是明初遗物的特征是木材的优良（每柱必是整料，且以楠木为主），和匠工砍削榫卯的准确，这些都不是在外表上显著之点，而是属于它内在的品质的。

中国劳动人民所创造的这样一座优美的、雄伟的建筑物，过去只供封建帝王愚民之用，现在回到了人民的手里，它的效能，充分地被人民使用了。一九四九年八月，北京市第一届人民代表会议，就是在这里召开的。两年多来，这里开过各种会议百余次。这大殿是多么恰当地用作各种工作会议和报告的大礼堂！而更巧的是同社稷坛遥遥相对的太庙，也已用作首都劳动人民的文化宫了。

北京市劳动人民文化宫

北京市劳动人民文化宫是首都人民所熟悉的地方。它在天安门的左侧，同天安门右侧的中山公园正相对称。它所占的面积很大，南面和天安门在一条线上，北面背临着紫禁城前的护城河，西面由故宫前的东千步廊起，东面到故宫的东墙根止，东西宽度恰是紫禁城的一半。这里是四百零八年以前（明嘉靖二十三年，一五四四年）劳动人民所辛苦建造起来的一所规模宏大的庙宇。它主要是由三座大殿、三进庭院所组成；此外，环绕着它的四周的，是一片蓊郁古劲的柏树林。

这里过去称做"太庙"，只是沉寂地供着一些死人牌位和一年举行几次皇族的祭祖大典的地方。解放以后，一九五〇年国际劳动节，这里的大门上挂上了毛主席亲笔题的匾额——"北京市劳动人民文化宫"，它便活跃起来了。在这里面所进行的各种文化娱乐活动经常受到首都劳动人民的热烈欢迎，以至于这里林荫下的庭院和大殿里经常挤满了人，假日和举行各种展览会的时候，等待人们的行列有时一直排到天安门前。

在这里，各种文化娱乐活动是在一个特别美丽的环境中进行的。这个环境的特点有二：

一，它是故宫中工料特殊精美而在四百多年中又丝毫未被伤毁的一个完整的建筑组群。

二，它的平面布局是在祖国的建筑体系中，在处理空间的方法上最卓越的例子之一。不但是它的内部布局爽朗而紧凑，在虚实起伏之间，构成一个整体，并且它还是故宫体系总布局的一个组成部分，同天安门、端门和午门有一定的关系。如果我们从高处下瞰，就可以看出文化宫是以一个广庭为核心，四面建筑物环抱，北面是建筑的重点。它不单是一座单独的殿堂，而是前后三殿：中殿与后殿都各有它的两厢配殿和前院；前殿特别雄大，有两重屋檐，三层石基，左右两厢是很长的廊庑，像两臂伸出抱拢着前面广庭。南面的建筑很简单，就是入口的大门。在这全组建筑物之外，环绕着两重有琉璃瓦饰的红墙，两圈红墙之间，是一周苍翠的老柏树林。南面的树林是特别大的一片，造成浓荫，和北头建筑物的重点恰相呼应。它们所留出的主要空间就是那个可容万人以上的广庭，配合着两面的廊子。这样的一种空间处理，是非常适合于户外的集体活动的。这也是我们祖国建筑的优良传统之一。这种布局与中山公园中社稷坛部分完全不同，但在比重上又恰是对称的。如果说社稷坛是一个四条神道由中心向外展开的坛（仅在北面有两座不高的殿堂），文化宫则是一个由四面殿堂廊屋围拢来的庙。这两组建筑物以端门前庭为锁钥,和午门、天安门是有机地联系着的。在文化宫里,如果我们由下往上看,不但可以看到北面重檐的正殿巍然而起,并且可以看到午门上的五凤楼一角正成了它的西北面背景,早晚云霞,金瓦翠飞,气魄的雄伟,给人极深刻的印象。

故宫三大殿

北京城里的故宫中间,巍然崛起的三座大宫殿是整个故宫的重点,"紫禁城"内建筑的核心。以整个故宫来说,那样庄严宏伟的气魄;那样富于组织性,又富于图画美的体形风格;那样处理空间的艺术;那样的工程技术,外表轮廓,和平面布局之间的统一的整体,无可否认的,它是全世界建筑艺术的绝品,它是一组伟大的建筑杰作,它也是人类劳动创造史中放出异彩的奇迹之一。我们有充足的理由,为我们这"世界第一"而骄傲。

三大殿的前面有两段作为序幕的布局,是值得注意的。第一段,由天安门,经端门到午门,两旁长列的"千步廊"是个严肃的开端。第二段在午门与太和门之间的小广场,更是一个美丽的前奏。这里一道弧形的金水河,和河上五道白石桥,在黄瓦红墙的气氛中,北望太和门的雄劲,这个环境适当地给三殿做了心理准备。

太和、中和、保和三座殿是前后排列着同立在一个庞大而崇高的工字形白石殿基上面的。这种台基过去称"殿陛",共高二丈,分三层,每层有刻石栏杆围绕,台上列铜鼎等。台前石阶三列,左右各一列,路上都有雕镂隐起的龙凤花纹。这样大尺度的一组建筑物,是用更宏大尺度的庭院围绕起来的。广庭气魄之大是无法形容的。庭院四周有廊屋,太和与保和两殿的左右还有对称的楼阁,和翼门,四角有小角楼。这样的布局是我国特有的传统,常见于美丽的唐宋壁画中。

三殿中,太和殿最大,也是全国最大的一个木构大殿。横阔十一间,进深五间,外有廊柱一列,全个殿内外立着八十四根大柱。殿顶是重檐的"庑殿式"瓦顶,全部用黄色的琉璃瓦,光泽灿烂,同蓝色天空相辉映。底下彩画的横额和斗拱,朱漆柱,金琐窗,同白石阶基也作了强烈的对比。这个殿建于康熙三十六年(一六九七),已有二百五十五岁,而结构整严完好如初。内部掺金盘龙柱和上部梁枋藻井上的彩画虽稍剥落,但仍然华美动人。

中和殿在工字基台的中心,平面为正方形,宋元工字殿当中的"柱廊"竟蜕变而成了今天的亭子形的方殿。屋顶是单檐"攒尖顶",上端用渗金圆顶为结束。此殿是清初顺治三年的原物,比太和殿又早五十余年。

保和殿立在工字形殿基的北端,东西阔九间,每间尺度又都小于太和殿,上面是"歇山式"殿顶,它是明万历的"建极殿"原物,未经破坏或重建的。至今上面童柱上还留有"建极殿"标识。它是三殿中年寿最老的,已有三百三十七年的历史。

三大殿中的两殿,一前一后,中间夹着略为低小的单位所造成的格局,是它美妙的特点。要用文字形容三殿是不可能的,而同时因环境之大,摄影镜头很难把握这三殿全部的雄姿。深刻的印象,必须亲自进到那动人的环境中,才能体会得到。

北海公园

在二百多万人口的城市中,尤其是在布局谨严,街道引直,建筑物主要都左右对称的北京城中,会有像北海这样一处水阔天空，风景如画的环境，踞在城市的心脏地带，实在令人料想不到，使人惊喜。初次走过横亘在北海和中海之间的金鳌玉蝀桥的时候，望见隔水的景物，真像一幅画面，给人的印象尤为深刻。耸立在水心的琼华岛，山巅白塔，林间楼台，受晨光或夕阳的渲染，景象非凡特殊，湖岸石桥上的游人或水面小船，处处也都像在画中。池沼园林是近代城市的肺腑，借以调节气候，美化环境，休息精神；北海风景区对全市人民的健康所起的作用是无法衡量的。北海在艺术和历史方面的价值都是很突出的，但更可贵的还是在它今天回到了人民手里，成为人民的公园。

我们重视北海的历史，因为它也就是北京城历史重要的一段。它是今天的北京城的发源地。远在辽代（十一世纪初），琼华岛的地址就是一个著名的台，传说是"萧太后台"；到了金朝（十二世纪中），统治者在这里奢侈地为自己建造郊外离宫：凿大池，改台为岛，移北宋名石筑山，山巅建美丽的大殿。元忽必烈攻破中都，曾住在这里。元建都时，废中都旧城，选择了这离宫地址作为他的新城，大都皇宫的核心，称北海和中海为太液池。元的三个宫分立在两岸，水中前有"瀛洲圆殿"，就是今天的团城，北面有桥通"万岁山"，就是今天的琼华岛。岛立太液池中，气势雄壮，山巅广寒殿居高临下，可以远望西山，俯瞰全城，是忽必烈的主要宫殿，也是全城最突出的重点。明毁元三宫，建造今天的故宫以后，北海和中海的地位便不同了，也不那样重要了。统治者把两海改为游宴的庭园，称做"内苑"。广寒殿废而不用，明万历时坍塌。清初开辟南海，增修许多庭园建筑；北海北岸和东岸都有个别幽静的单位。北海面貌最显著的改变是在一六五一年，琼华岛广寒殿旧址上，建造了今天所见的西藏式白塔。岛正南半山殿堂也改为佛寺，由石阶直升上去，遥对团城。这个景象到今天已保持整整三百年了。

北海布局的艺术手法是继承宫苑创造幻想仙境的传统，所以它以琼华岛仙山楼阁的姿态为主：上面是台殿亭馆；中间有岩洞石室；北面游廊环抱，廊外有白石栏楯，长达三百公尺；中间漪澜堂，上起轩楼为远帆楼，和北岸的五龙亭隔水遥望，互见缥缈，是本着想象的仙山景物而安排的。湖心本植莲花，其间有画舫来去。北岸佛寺之外，还作小西天，又受有佛教画的影响。其他如桥亭堤岸，多少是模拟山水画意。北海的布局是有着丰富的艺术传统的。它的曲折有趣、多变化的景物，也就是它最得游人喜爱的因素。同时更因为它的水面宏阔，林岸较深，尺度大，气魄大，最适合于现代青年假期中的一切活动：划船、滑冰、登高远眺，北海都有最好的条件。

天　坛

天坛在北京外城正中线的东边，占地差不多四千亩，围绕着有两重红色围墙。墙内茂密参天的老柏树，远望是一片苍郁的绿荫。由这树林中高高耸出深蓝色伞形的琉璃瓦顶，它是三重檐子的圆形大殿的上部，尖端上闪耀着涂金宝顶。这是祖国一个特殊的建筑物，世界闻名的天坛祈年殿。由南方到北京来的火车，进入北京城后，车上的人都可以从车窗中见到这个景物。它是许多人对北京文物建筑最先的一个印象。

天坛是过去封建主每年祭天和祈祷丰年的地方，封建的愚民政策和迷信的产物；但它也是过去辛勤的劳动人民用血汗和智慧所创造出来的一种特殊美丽的建筑类型，今天有着无比的艺术和历史价值。

天坛的全部建筑分成简单的两组，安置在平舒开朗的环境中，外周用深深的树林围护着。南面一组主要是祭天的大坛，称做"圜丘",和一座不大的圆殿,称"皇穹宇"。北面一组就是祈年殿和它的后殿——皇乾殿、东西配殿和前面的祈年门。这两组相距约六百公尺,有一条白石大道相联。两组之外,重要的附属建筑只有向东的"斋宫"一处。外面两周的围墙,在平面上南边一半是方的,北边一半是半圆形。这是根据古代"天圆地方"的说法而建筑的。

圜丘是祭天的大坛,平面正圆,全部白石砌成;分三层,高约一丈六尺;最上一层直径九丈,中层十五丈,底层二十一丈。每层有石栏杆绕着,三层栏板共合成三百六十块,象征"周天三百六十度"。各层四面都有九步台阶。这座坛全部尺寸和数目都用一、三、五、七、九的"天数"或它们的倍数,是最典型的封建迷信结合的要求。但在这种苛刻条件下,智慧的劳动人民却在造形方面创造出一个艺术杰作。这座洁白如雪、重叠三层的圆坛,周围环绕着玲珑像花边般的石刻栏杆,形体是这样地美丽,它永远是个可珍贵的建筑物,点缀在祖国的地面上。

圜丘北面棂星门外是皇穹宇。这座单檐的小圆殿的作用是存放神位木牌(祭天时"请"到圜丘上面受祭,祭完送回)。最特殊的是它外面周绕的围墙,平面作成圆形,只在南面开门。

墙面是精美的磨砖对缝,所以靠墙内任何一点,向墙上低声细语,他人把耳朵靠近其他任何一点,都可以清晰听到。人们都喜欢在这里做这种"声学游戏"。

祈年殿是祈谷的地方,是个圆形大殿,三重蓝色琉璃瓦檐,最上一层上安金顶。殿的建筑用内外两周的柱,每周十二根,里面更立四根"龙井柱"。圆周十二间都安格扇门,没有墙壁,庄严中呈显玲珑。这殿立在三层圆坛上,坛的样式略似圜丘而稍大。

天坛部署的规模是明嘉靖年间制定的。现存建筑中,圜丘和皇穹宇是清乾隆八年(一七四三)所建。祈年殿在清光绪十五年雷火焚毁后,又在第二年(一八九〇)重建。祈年门和皇乾殿是明嘉靖二十四年(一五四五)原物。现在祈年门梁下的明代彩画是罕有的历史遗物。

颐 和 园

在中国历史中,城市近郊风景特别好的地方,封建主和贵族豪门等总要独霸或强占,然后再加以人工的经营来做他们的"禁苑"或私园。这些著名的御苑、离宫、名园,都是和劳动人民的血汗和智慧分不开的。他们凿了池或筑了山，建造了亭台楼阁，栽植了树木花草，布置了回廊曲径，桥梁水榭，在许许多多巧妙的经营与加工中，才把那些离宫或名园提到了高度艺术的境地。现在，这些可宝贵的祖国文化遗产，都已回到人民手里了。

北京西郊的颐和园，在著名的圆明园被帝国主义侵略军队毁了以后，是中国四千年封建历史里保存到今天的最后的一个大"御苑"。颐和园周围十三华里，园内有山有湖。倚山临湖的建筑单位大小数百，最有名的长廊，东西就长达一千几百尺，共计二百七十三间。

颐和园的湖、山基础，是经过金、元、明三朝所建设的。清朝规模最大的修建开始于乾隆十五年（一七五〇年），当时本名清漪园，山名万寿，湖名昆明。一八六〇年，清漪园和圆明园同遭英法联军毒辣的破坏。前山和西部大半被毁，只有山巅琉璃砖造的建筑和"铜亭"得免。

前山湖岸全部是光绪十四年（一八八八年）所重建。那时西太后那拉氏专政，为自己做寿，竟挪用了海军造船费来修建，改名颐和园。

颐和园规模宏大，布置错杂，我们可以分成后山、前山、东宫门、南湖和西堤等四大部分来了解它的。

第一部后山，是清漪园所遗留下的艺术面貌，精华在万寿山的北坡和坡下的苏州河。东自"赤城霞起"关口起，山势起伏，石路回转，一路在半山经"景福阁"到"智慧海"，再向西到"画中游"。一路沿山下河岸，处处苍松深郁或桃树错落，是初春清明前后游园最好的地方。山下小河（或称后湖）曲折，忽狭忽阔；沿岸摹仿江南风景，故称"苏州街"，河也名"苏州河"。正中北宫门入园后，有大石桥跨苏州河上，向南上坡是"后大庙"旧址，今称"须弥灵境"。这些地方，今天虽已剥落荒凉，但环境幽静，仍是颐和园最可爱的一部。东边"谐趣园"是仿无锡惠山园的风格，当中荷花池，四周有水殿曲廊，极为别致。西面通到前湖的小苏州河，岸上东有"买卖街"（现已不存），俨如江南小镇。更西的长堤垂柳和六桥是仿杭州西湖六桥建设的。这些都是摹仿江南山水的一个系统的造园手法。

第二部前山湖岸上的布局，主要是排云殿、长廊和石舫。排云殿在南北中轴线上。这一组由临湖一座牌坊起，上到排云殿，再上到佛香阁；倚山建筑，巍然耸起，是前山的重点。佛香阁是八角钻尖顶的多层建筑物，立在高台上，是全山最高的突出点。这一组建筑的左右还有"转轮藏"和"五芳阁"等宗教建筑物。附属于前山部分的还有米山上几处别馆如"景福阁","画中游"等。沿湖的长廊和中线成丁字形；西边长廊尽头处，湖岸转北到小苏州河，傍岸处就是著名的"石舫"，名清宴舫。前山着重侈大、堂皇富丽，和清漪园时代重视江南山水的曲折大不相同；前山的安排，是"仙山蓬岛"的格式，略如北海琼华岛，建筑物倚山层层上去，成一中轴线，以高耸的建筑物为结束。湖岸有石栏和游廊。对面湖心有远岛，以桥相通，也如北海团城。只是岛和岸的距离甚大，通到岛上的十七孔长桥，不在中线，而由东堤伸出，成为远景。

第三部是东宫门入口后的三大组主要建筑物：一是向东的仁寿殿，它是理事的大殿；二是仁寿殿北边的德和园；内中有正殿、两廊和大戏台；三是乐寿堂，在德和园之西。这是那拉氏居住的地方。堂前向南临水有石台石阶，可以由此上下船。这些建筑拥挤繁复，像城内府第，堵塞了入口，向后山和湖岸的合理路线被建筑物阻挡割裂，今天游园的人，多不知有后山，进仁寿殿或德和园之后，更有迷惑在院落中的感觉，直到出了荣寿堂西门，到了长廊，才豁然开朗，见到前面湖山。这一部分的建筑物为全园布局上的最大弱点。

第四部是南湖洲岛和西堤。岛有五处，最大的是月波楼一组，或称龙王庙，有长桥通东堤。其他小岛非船不能达。西堤由北而南成一弧线，分数段，上有六座桥。这些都是湖中的点缀，为北岸的远景。

天宁寺塔

北京广安门外的天宁寺塔，是北京城内和郊外的寺塔中完整立着的一个最古的建筑纪念物。这个塔是属于一种特殊的类型：平面作八角形，砖筑实心，外表主要分成高座、单层塔身和上面的多层密檐三部分。座是重叠的两组须弥座，每组中间有一道"束腰"，用"间柱"分成格子，每格中刻一浅龛，中有浮雕，上面用一周砖刻斗拱和栏杆，故极富于装饰性。座以上只有一单层的塔身，托在仰翻的大莲瓣上，塔身四正面有拱门，四斜面有窗，还有浮雕力神像等。塔身以上是十三层密密重叠着的瓦檐。第一层檐以上，各檐中间不露塔身，只见斗拱；檐的宽度每层缩小，逐渐向上递减，使塔的轮廓成缓和的弧线。

塔顶的"刹"是佛教的象征物，本有"覆钵"和很多层"相轮"，但天宁寺塔上只有宝顶，不是一个刹，而十三层密檐本身却有了相轮的效果。

这种类型的塔，轮廓甚美，全部稳重而挺拔。层层密檐的支出使檐上的光和檐下的阴影构成一明一暗；重叠而上，和素面塔身起反衬作用，是最引人注意的宜于远望的处理方法。中间塔身略细，约束在檐以下、座以上，特别显得窈窕。座的轮廓也因有伸出和缩紧的部分，更美妙有趣。塔座是塔底部的重点，远望清晰伶俐；近望则见浮雕的花纹、走兽和人物，精致生动，又恰好收到最大的装饰效果。它是砖造建筑艺术中的极可宝贵的处理手法。

分析和比较祖国各时代各类型的塔，我们知道南北朝和隋的木塔的形状，但实物已不存。唐代遗物主要是砖塔，都是多层方塔，如西安的大雁塔和小雁塔。唐代虽有单层密檐塔，但平面为方形，且无须弥座和斗拱，如嵩山的永泰寺塔。中原山东等省以南，山西省以西，五代以后虽有八角塔，而非密檐，且无斗拱，如开封的"铁塔"。在江南，五代两宋虽有八角塔，却是多层塔身的，且塔身虽砖造，每层都用木造斗拱和木檩托檐，如苏州虎丘塔，罗汉院双塔等。检查天宁寺塔每一细节，我们今天可以确凿地断定它是辽代的实物，清代石碑中说它是"隋塔"是错误的。

这种单层密檐的八角塔只见于河北省和东北。最早有年月可考的都属于辽金时代（十一至十三世纪），如房山云居寺南塔北塔，正定青塔，通州塔，辽阳白塔寺塔等。但明清还有这形制的塔，如北京八里庄塔。从它们分布的地域和时代看来，这类型的塔显然是契丹民族（满族祖先的一支）的劳动人民和当时移居辽区的汉族匠工们所合力创造的伟绩，是他们对于祖国建筑传统的一个重大贡献。天宁寺塔经过这九百多年的考验，仍是一座完整而美丽的纪念性建筑，它是今天北京最珍贵的艺术遗产之一。

北京近郊的三座"金刚宝座塔"

——西直门外五塔寺塔、德胜门外

西黄寺塔和香山碧云寺塔

北京西直门外五塔寺的大塔，形式很特殊；它是建立在一个巨大的台子上面，由五座小塔所组成的。佛教术语称这种塔为"金刚宝座塔"。它是摹仿印度佛陀伽蓝的大塔建造的。

金刚宝座塔的图样，是一四一三年（明永乐时代）西番班迪达来中国时带来的。永乐帝朱棣，封班迪达做大国师，建立大正觉寺——即五塔寺——给他住。到了一四七三年（明成化九年）便在寺中仿照了中印度式样，建造了这座金刚宝座塔。清乾隆时代又仿照这个类型，建造了另外两座。一座就是现在德胜门外的西黄寺塔，另一座是香山碧云寺塔。这三座塔虽同属于一个格式，但每座各有很大变化，和中国其他的传统风格结合而成。它们具体地表现出祖国劳动人民灵活运用外来影响的能力，他们有大胆变化、不限制于摹仿的创造精神。在建筑上，这样主动地吸收外国影响和自己民族形式相结合的例子是极值得注意的。同时，介绍北京这三座塔并指出它们的显著的异同，也可以增加游览者对它们的认识和兴趣。

五塔寺在西郊公园北面约二百公尺。它的大台高五丈，上面立五座密檐的方塔，正中一座高十三层，四角每座高十一层。中塔的正南，阶梯出口的地方有一座两层檐的亭子，上层瓦顶是圆的。大台的最底层是个"须弥座"，座之上分五层，每层伸出小檐一周，下雕并列的佛龛，龛和龛之间刻菩萨立像。最上层是女儿墙，也就是大台的栏杆。这些上面都有雕刻，所谓"梵花、梵宝、梵字、梵像"。大台的正门有门洞，门内有阶梯藏在台身里，盘旋上去，通到台上。

这塔全部用汉白石建造，密密地布满雕刻。石里所含铁质经过五百年的氧化，呈现出淡淡的橙黄的颜色，非常温润而美丽。过于繁琐的雕饰本是印度建筑的弱点，中国匠人却创造了自己的适当的处理。他们智慧地结合了祖国的手法特征，努力控制了凹凸深浅的重点。每层利用小檐的伸出和佛龛的深入，做成阴影较强烈的部分，其余全是极浅的浮雕花纹。这样，便纠正了一片杂乱繁缛的感觉。

西黄寺塔，也称做班禅喇嘛清净化城塔，建于一七七九年。这座塔的形式和大正觉寺塔一样，也是五座小塔立在一个大台上面。所不同的，在于这五座塔本身的形式。它的中央一塔为西藏式的喇嘛塔（如北海的白塔），而它的四角小塔，却是细高的八角五层的"经幢"；并且在平面上，四小塔的座基突出于大台之外，南面还有一列石阶引至台上。中央塔的各面刻有佛像、草花和凤凰等，雕刻极为细致富丽，四个幢主要一层素面刻经，上面三层刻佛龛与莲瓣。全组呈窈窕玲珑的印象。

碧云寺塔和以上两座又都不同。它的大台共有三层，底下两层是月台，各有台阶上去。最上层做法极像五塔寺塔，刻有数层佛龛，阶梯也藏在台身内。但它上面五座塔之外，南面左右还有两座小喇嘛塔，所以共有七座塔了。

这三处仿中印度式建筑的遗物，都在北京近郊风景区内。同式样的塔，国内只有昆明官渡镇有一座，比五塔寺塔更早了几年。

鼓楼、钟楼和什刹海

北京城在整体布局上，一切都以城中央一条南北中轴线为依据。这条中轴线以永定门为南端起点，经过正阳门、天安门、午门、前三殿、后三殿、神武门、景山、地安门一系列的建筑重点，最北就结束在鼓楼和钟楼那里。北京的钟楼和鼓楼不是东西相对，而是在南北线上，一前、一后的两座高耸的建筑物。北面城墙正中不开城门，所以这条长达八公里的南北中线的北端就终止在钟楼之前。这个伟大气魄的中轴直串城心的布局是我们祖先杰出的创造。鼓楼面向着广阔的地安门大街，地安门是它南面的"对景"，钟楼峙立在它的北面，这样三座建筑便合成一组庄严的单位，适当地作为这条中轴线的结束。

鼓楼是一座很大的建筑物，第一层雄厚的砖台，开着三个发券的门洞。上面横列五间重檐的木构殿楼，整体轮廓强调了横亘的体形。钟楼在鼓楼后面不远，是座直立耸起、全部砖石造的建筑物；下层高耸的台，每面只有一个发券门洞。台上钟亭也是每面一个发券的门。全部使人有浑雄坚实的矗立的印象。钟、鼓两楼在对比中，一横一直，形成了和谐美妙的组合。明朝初年智慧的建筑工人，和当时的"打图样"的师父们就这样朴实、大胆地创造了自己市心的立体标志，充满了中华民族特征的不平凡的风格。

钟、鼓楼西面俯瞰什刹海和后海。这两个"海"是和北京历史分不开的。它们和北海、中海、南海是一个系统的五个湖沼。十二世纪中建造"大都"的时候，北海和中海被划入宫苑（那时还没有南海），什刹海和后海留在市区内。当时有一条水道由什刹海经现在的北河沿、南河沿、六国饭店出城通到通州，衔接到运河。江南运到的粮食便在什刹海卸货，那里船帆桅杆十分热闹，它的重要性正相同于我们今天的前门车站。到了明朝，水源发生问题，水运只到东郊，什刹海才丧失了作为交通终点的身份。尤其难得的是它外面始终没有围墙把它同城区阻隔，正合乎近代最理想的市区公园的布局。

海的四周本有十座佛寺，因而得到"什刹"的名称。这十座寺早已荒废。满清末年，这里周围是茶楼、酒馆和杂耍场子等。但湖水逐渐淤塞，虽然夏季里香荷一片，而水质污秽、蚊虫孳生已威胁到人民的健康。解放后人民自己的政府首先疏浚全城水道系统，将什刹海掏深，砌了石岸，使它成为一片清澈的活水，又将西侧小湖改为可容四千人的游泳池。两年来那里已成劳动人民夏天中最喜爱的地点。垂柳倒影，隔岸可遥望钟楼和鼓楼，它已真正地成为首都的风景区。并且这个风景区还正在不断地建设中。

在全市来说，由地安门到钟、鼓楼和什刹海是城北最好的风景区的基础。现在鼓楼上面已是人民的第一文化馆，小海已是游泳池，又紧接北海。这一个美好环境，由钟、鼓楼上远眺更为动人。不但如此，首都的风景区是以湖沼为重点的，水道的连结将成为必要。什刹海若予以发展，将来可能以金水河把它同颐和园的昆明湖结连起来。那样，人们将可以在假日里从什刹海坐着小船经由美丽的西郊，直达颐和园了。

雍 和 宫

北京城内东北角的雍和宫，是二百十几年来北京最大的一座喇嘛寺院。喇嘛教是蒙藏两族所崇奉的宗教，但这所寺院因为建筑的宏丽和佛像雕刻等的壮观，一向都非常著名，所以游览首都的人们，时常来到这里参观。这一组庄严的大建筑群，是过去中国建筑工人以自己传统的建筑结构技术来适应喇嘛教的需要所创造的一种宗教性的建筑类型，就如同中国工人曾以本国的传统方法和民族特征解决过回教的清真寺或基督教的礼拜堂的需要一样。这寺院的全部是一种符合特殊实际要求的艺术创造，在首都的文物建筑中间，它是不容忽视的一组建筑遗产。

雍和宫曾经是胤禛（清雍正）做王子时的府第。在一七三四年改建为喇嘛寺。

雍和宫的大布局，紧凑而有秩序，全部由南北一条中轴线贯穿着。由最南头的石牌坊起到"琉璃花门"是一条"御道",——也像一个小广场。两旁十几排向南并列的僧房就是喇嘛们的宿舍。由琉璃花门到雍和门是一个前院,这个前院有古槐的幽荫,南部左右两角立着钟楼和鼓楼,北部左右有两座八角的重檐亭子,更北的正中就是雍和门;雍和门规模很大,才经过修缮油饰。由此北进共有三个大庭院,五座主要大殿阁。第一院正中的主要大殿称做雍和宫,它的前面中线上有碑亭一座和一个雕刻精美的铜香炉,两边配殿围绕到它后面一殿的两旁,规模极为宏壮。

全寺最值得注意的建筑物是第二院中的法轮殿,其次便是它后面的万佛楼。它们的格式都是很特殊的。法轮殿主体是七间大殿,但它的前后又各出五间"抱厦",使平面成十字形。殿的瓦顶上面突出五个小阁,一个在正脊中间,两个在前坡的左右,两个在后坡的左右。每个小阁的瓦脊中间又立着一座喇嘛塔。由于宗教上的要求,五塔寺金刚宝座塔的型式很巧妙地这样组织到纯粹中国式的殿堂上面,成了中国建筑中一个特殊例子。

万佛楼在法轮殿后面,是两层重檐的大阁。阁内部中间有一尊五丈多高的弥勒佛大像，穿过三层楼井，佛像头部在最上一层的屋顶底下。据说这个像的全部是由一整块檀香木雕成的。更特殊的是万佛楼的左右另有两座两层的阁，从这两阁的上层用斜廊——所谓飞桥——和大阁相联系。这是敦煌唐朝画中所常见的格式，今天还有这样一座存留着，是很难得的。

雍和宫最北部的绥成殿是七间，左右楼也各是七间，都是两层的楼阁，在我们的最近建设中，我们极需要参考本国传统的楼屋风格，从这一组两层建筑物中，是可以得到许多启示的。

故　宫

北京的故宫现在是首都的故宫博物院。故宫建筑的本身就是这博物院中最重要的历史文物。它综合形体上的壮丽、工程上的完美和布局上的庄严秩序，成为世界上一组最优异、最辉煌的建筑纪念物。它是我们祖国多少年来劳动人民智慧和勤劳的结晶，它有无比的历史和艺术价值。全宫由"前朝"和"内廷"两大部分组成；四周有城墙围绕，墙下是一周护城河，城四角有角楼，四面各有一门：正南是午门，门楼壮丽称五凤楼；

正北称神武门；东西两门称东华门、西华门，全组统称"紫禁城"。隔河遥望红墙、黄瓦、宫阙、角楼的任何一角都是宏伟秀丽，气象万千。

前朝正中的三大殿是宫中前部的重点，阶陛三层，结构崇伟，为建筑造形的杰作。东侧是文华殿，西侧是武英殿，这两组与太和门东西并列，左右衬托，构成三殿前部的格局。

内廷是封建皇帝和他的家族居住和办公的部分。因为是所谓皇帝起居的地方，所以借重了许多严格部署的格局和外表形式上的处理来强调这独夫的"至高无上"。因此内廷的布局仍是采用左右对称的格式，并且在部署上象征天上星宿等等。例如内廷中间，乾清、坤宁两宫就是象征天地，中间过殿名交泰，就取"天地交泰"之义。乾清宫前面的东西两门名日精、月华，象征日月。后面御花园中最北一座大殿——钦安殿，内中还供奉着"玄天上帝"的牌位。故宫博物院称这部分作"中路"，它也就是前王殿中轴线的延续，也是全城中轴的一段。

"中路"两旁两条长夹道的东西，各列六个宫，每三个为一路，中间有南北夹道。这十二个宫象征十二星辰。它们后部每面有五个并列的院落，称东五所、西五所，也象征众星拱辰之义。

十二宫是内宫眷属"妃嫔""皇子"等的住所和中间的"后三殿"就是紫禁城后半部的核心。现在博物院称东西六宫等为"东路"和"西路",按日轮流开放。西六宫曾经改建,储秀和翊坤两宫之间增建一殿,成了一组。长春和太极之间,也添建一殿,成为一组,格局稍变。东六宫中的延禧,曾参酌西式改建"水晶宫"而未成。

三路之外的建筑是比较不规则的。主要的有两种:一种是在中轴两侧,东西两路的南头,十二宫的面的重要前宫殿。西边是养心殿一组,它正在"外朝"和"内廷"之间偏东的位置上,是封建主实际上日常起居的地方。中轴东边与它约略对称的是斋宫和奉先殿。这两组与乾清宫的关系就相等于文华、武英两殿与太和殿的关系。另一类是核心外围规模较十二宫更大的宫。这些宫是建筑给封建主的母后居住的。每组都有前殿、后寝、周围廊子、配殿、宫门等。西边有慈宁、寿康、寿安等宫。其中夹着一组佛教庙宇雨花阁,规模极大。总称为"外西路"。东边的"外东路"只有直串南北、范围巨大的宁寿宫一组。它本是玄烨(康熙)的母亲所居,后来弘历(乾隆)将政权交给儿子,自己退老住在这里曾增建了许多繁缛巧丽的亭园建筑,所以称为"乾隆花园"。它是故宫后部核心以外最特殊也最奢侈的一个建筑组群,且是清代日趋繁琐的宫廷趣味的代表作。

故宫后部虽然"千门万户",建筑密集,但它们仍是有秩序的布局。中轴之外,东西两侧的建筑物也是以几条南北轴线为依据的。各轴线组成的建筑群以外的街道形成了细长的南北夹道。主要的东一长街和西一长街的南头就是通到外朝的"左内门"和"右内门",它们是内廷和前朝联系的主要交通线。

除去这些"宫"与"殿"之外,紫禁城内还有许多服务单位如上驷院、御膳房和各种库房及值班守卫之处。但威名煊赫的"南书房"和"军机处"等宰相大臣办公的地方,实际上只是乾清门旁边几间廊庑房舍。军机处还不如上驷院里一排马厩!封建帝王残酷地驱役劳动人民为他建造宫殿,养尊处优,享乐排场无所不至,而即使是对待他的军机大臣也仍如奴隶。这类事实可由故宫的建筑和布局反映出来。紫禁城全部建筑也就是最丰富的历史材料。

小　说

九十九度中

三个人肩上各挑着黄色,有"美丰楼"字号大圆笸的,用着六个满是泥泞凝结的布鞋,走完一条被太阳晒得滚烫的马路之后,转弯进了一个胡同里去。

"劳驾,借光——三十四号甲在那一头?"在酸梅汤的摊子前面,让过一辆正在飞奔的家车——钢丝轮子亮得晃眼的——又向蹲在墙角影子底下的老头儿,问清了张宅方向后,这三个流汗的挑夫便又努力的往前走。那六只泥泞布履的脚,无条件的,继续着他们机械式的展动。

在那轻快的一瞥中,坐在洋车上的卢二爷看到黄笸上饭庄的字号,完全明白里面装的是丰盛的筵席,自然的,他估计到他自己午饭的问题。家里饭乏味,菜蔬缺乏个性,太太的脸难看,你简直就不能对她提到那厨子问题。这几天天太热,太热,并且今天已经二十二,什么事她都能够牵扯到薪水问题上,孩子们再一吵,谁能够在家里吃中饭!

"美丰楼饭庄",黄篓上黑字写得很笨大,方才第三个挑夫挑得特别吃劲,摇摇摆摆的使那黄篓左右的晃……

美丰楼的菜不能算坏,义永居的汤面实在也不错……于是义永居的汤面?还是市场万花斋的点心?东城或西城?找谁同去聊天?逸九新从南边来的住在那里?或许老孟知道,何不到和记理发馆借个电话?卢二爷估计着,犹豫着,随着洋车的起落。他又好像已经决定了在和记借电话,听到伙计们的招呼,"……二爷您好早?……用电话,这边您哪!……"

伸出手臂,他睨一眼金表上所指示的时间,细小的两针分停在两个钟点上,但是分明的都在挣扎着到达十二点上边。在这时间中,车夫感觉到主人在车上翻动不安,便更抓稳了车把,弯下一点背,勇猛的狂跑。二爷心里仍然疑问着面或点心;东城或西城;车已赶过前面的几辆。一个女人骑着自行车,由他左侧冲过去,快镜似的一瞥鲜艳的颜色,脚与腿,腰与背,侧脸、眼和头发,全映进老卢的眼里,那又是谁说过的……老卢就是爱看女人!女人谁又不爱?难道你在街上真闭上眼不瞧那过路的漂亮的!

"到市场，快点。"老卢吩咐他车夫奔驰的终点，于是主人和车夫戴着两顶价格极不相同的草帽，便同在一个太阳底下，向东安市场奔去。

很多好看的碟子和鲜果点心，全都在大厨房院里，从黄色层篓中检点出来。立着监视的有饭庄的"二掌柜"和张宅的"大师傅"；两人都因为胖的缘故，手里都有把大蒲扇。大师傅举着扇，扑一下进来凑热闹的大黄狗。

"这东西最讨嫌不过！"这句话大师傅一半拿来骂狗，一半也是来权作和掌柜的寒暄。

"可不是？他×的，这东西真可恶。"二掌柜好脾气的用粗话也骂起狗。

狗无聊的转过头到垃圾堆边闻嗅隔夜的肉骨。

奶妈抱着孙少爷进来，七少奶每月用六元现洋雇她，抱孙少爷到厨房，门房，大门口，街上一些地方喂奶连游玩的。今天的厨房又是这样的不同；饭庄的"头把刀"带着几个伙计在灶边手忙脚乱的炒菜切肉丝，奶妈觉得孙少爷是更不能不来看：

果然看到了生人，看到狗，看到厨房桌上全是好看的干果，鲜果，糕饼，点心，孙少爷格外高兴，在奶妈怀里跳，手指着要吃。奶妈随手赶开了几只苍蝇，拣一块山楂糕放到孩子口里，一面和伙计们打招呼。

忽然看到陈升走到院子里找赵奶奶，奶妈对他挤了挤眼，含笑的问，"什么事值得这么忙？"同时她打开衣襟露出前胸喂孩子奶吃。

"外边挑担子的要酒钱。"陈升没有平时的温和，或许是太忙了的缘故。老太太这次做寿，比上个月四少奶小孙少爷的满月酒的确忙多了。

此刻那三个粗蠢的挑夫蹲在外院槐树荫下，用黯黑的毛巾擦他们的脑袋，等候着他们这满身淋汗的代价。一个探首到里院偷偷看院内华丽的景象。

里院和厨房所呈的纷乱固然完全不同，但是它们纷乱的主要原因则是同样的，为着六十九年前的今天。六十九年前的今天，江南一个富家里又添了一个绸缎金银裹托着的小生命。经过六十九个像今年这样流汗天气的夏天，又产生过另十一个同样需要绸缎金银的生命以后，那个生命乃被称为长寿而又有福气的妇人。这个妇人，今早由两个老妈扶着，坐在床前，拢一下斑白稀疏的鬓发，对着半碗火腿稀饭摇头：

"赵妈，我那里吃得下这许多？你把锅里的拿去给七少奶的云乖乖吃罢……"

七十年的穿插，已经卷在历史的章页里，在今天的院里能呈露出多少，谁也不敢说。事实是今天，将有很多打扮得极体面的男女来庆祝，庆祝能够维持这样长久寿命的女人，并且为这一庆祝，饭庄里已将许多生物的寿命裁削了，拿它们的肌肉来补充这庆祝者的肠胃。

前两天这院子就为了这事改变了模样，簇新的喜棚支出瓦檐丈余尺高。两旁红喜字玻璃方窗，由胡同的东头，和顺车厂的院里是可以看得很清楚的。前晚上六点左右，小三和环子，两个洋车夫的儿子，倒土筐的时候看到了，就告诉他们嬷，"张家喜棚都搭好了，是那一个孙少爷娶新娘子？"他们嬷为这事，还拿了鞋样到陈大嫂家说个话儿，正看到她在包饺子，笑嘻嘻的得意得很，说老太太做整寿，——多好福气——她当家的跟了张老太爷多少年。昨天张家三少奶还叫她进去，说到日子要她去帮个忙儿。

喜棚底下圆桌面就有七八张，方凳更是成叠的堆在一边；几个夫役持着鸡毛帚，忙了半早上才排好五桌。小孩子又多，什么孙少爷，侄孙少爷，姑太太们带来的那几位都够淘气的。李贵这边排好几张，那边少爷们又扯走了排火车玩。天热得厉害，苍蝇是免不了多，点心干果都不敢先往桌子上摆。冰化得也快，篓子底下冰水化了满地！汽水瓶子挤满了厢房的廊上，五少奶看见了只嚷不行，全要冰起来。

全要冰起来！真是的，今天的食品全摆起来够像个菜市，四个冰箱也腾不出一点空隙。这新买来的冰又放在那里好？李贵手里捧着两个绿瓦盆，私下里咕噜着为这筵席所发生的难题。

赵妈走到外院传话，听到陈升很不高兴的在问三个挑夫要多少酒钱。

"瞅着给罢。"一个说。

"怪热天多赏点吧。"又一个抿了抿干燥的口唇，想到方才胡同口的酸梅汤摊子，嘴里觉着渴。

就是这嘴里渴得难受，杨三把卢二爷拉到东安市场西门口，心想方才在那个"喜什么堂"门首，明明看到王康坐在洋车脚蹬上睡午觉。王康上月底欠了杨三十四吊钱,到现在仍不肯还;只顾着躲他。今天债主遇到赊债的赌鬼,心头起了各种的计算——杨三到饿的时候,脾气常常要比平时坏一点。天本来就太热,太阳简直是冒火,谁又受得了!方才二爷坐在车上,尽管用劲踩铃,金鱼胡同走道的学生们又多,你撞我闯的,挤得真可以的。杨三擦了汗一手抓住车把,拉了空车转回头去找王康要账。

"要不着八吊要六吊;再要不着,要他的×几个混蛋嘴巴!"杨三脖干儿上太阳烫得像火烧。"四吊多钱我买点羊肉,吃一顿好的。葱花烙饼也不坏——谁又说大热天不能喝酒?喝点又怕什么——睡得更香。卢二爷到市场吃饭,进去少不了好几个钟头……"

喜燕堂门口挂着彩,几个乐队里人穿着红色制服,坐在门口喝茶——他们把大铜鼓撂在一旁,铜喇叭夹在两膝中间。杨三知道这又是那一家办喜事。反正一礼拜短不了有两天好日子,就在这喜燕堂,那一个礼拜没有一辆花马车,里面搀出花溜溜的新娘?今天的花车还停在一旁……

"王康,可不是他!"杨三看到王康在小挑子的担里买香瓜吃。

"有钱的娶媳妇，和咱们没有钱的娶媳妇，还不是一样？花多少钱娶了她，她也短不了要这个那个的——这年头！好媳妇，好！你瞧怎么着？更惹不起！管你要钱，气你喝酒！再有了孩子，又得顾他们吃，顾他们穿。……"

王康说话就是要"逗个乐儿"，人家不敢说的话他敢说。一群车夫听到他的话，各各高兴的凑点尾声。李荣手里捧着大饼，用着他最现成的粗话引着那几个年轻的笑。李荣从前是拉过家车的——可惜东家回南，把事情就搁下来了——他认得字，会看报，他会用新名词来发议论，"文明结婚可不同了，这年头是最讲'自由''平等'的了。"底下再引用了小报上捡来离婚的新闻打哈哈。

杨三没有娶过媳妇，他想娶，可是"老家儿"早过去了，没有给他定下亲，外面瞎姘的他没敢要。前两天，棚铺的掌柜娘要同他做媒；提起了一个姑娘说是什么都不错，这几天不知道怎么又没有讯儿了。今天洋车夫们说笑的话，杨三听了感着不痛快。看看王康的脸在太阳里笑得皱成一团，更使他气起来。

王康仍然笑着说话，没有看到杨三，手里咬剩的半个香瓜里面，黄黄的一把瓜子像不整齐的牙齿向着上面。

"老康！这些日子都到那里去了？我这儿还等着钱吃饭呢！"杨三乘着一股劲发作。

听到声，王康怔了向后看，"呵，这打那儿说得呢？"他开始赖账了，"你要吃饭，你打你×的自己腰包里掏！要不然，你出个份子，进去那里边，"他手指着喜燕堂，"吃个现成的席去。"王康的嘴说得滑了，禁不住这样嘲笑着杨三。

周围的人也都跟着笑起来。

本来准备着对付赖账的巴掌，立刻打到王康的老脸上了。必须的扭打，由蓝布幕的小摊边开始，一直扩张到停洋车的地方。来往汽车的喇叭，像被打的狗，呜呜叫号。好几辆正在街心奔驰的洋车都停住了，流汗车夫连喊着"靠里！"，"瞧车！"脾气暴的人顺口就是："他×的,这大热天,单挑这么个地方！！"

巡警离开了岗位；小孩子们围上来；喝茶的军乐队人员全站起来看；女人们吓得直喊，"了不得，前面出事了罢！"

杨三提高嗓子直嚷着问王康："十四吊钱，是你——是你拿走了不是？——"

呼喊的声浪由扭打的两人出发，膨胀，膨胀到周围各种人的口里,"你听我说……""把他们拉开……""这样挡着路……瞧腿要紧。"嘈杂声中还有人叉着手远远的喊,"打得好呀,好拳头!"

喜燕堂正厅里挂着金喜字红幛,几对喜联,新娘正在服从号令,连连的深深的鞠躬。外边的喧吵使周围客人的头同时向外面转,似乎打听外面喧吵的原故。新娘本来就是一阵阵的心跳,此刻更加失掉了均衡;一下子撞上,一下子沉下,手里抱着的鲜花随着只是打颤,雷响深入她耳朵里,心房里……

"新郎新妇——三鞠躬"——"……三鞠躬。"阿淑在迷惘里弯腰伸直,伸直弯腰。昨晚上她哭,她妈也哭,将一串经验上得来的教训,拿出来赠给她——什么对老人要忍耐点,对小的要和气,什么事都要让着点——好像生活就是靠容忍和让步支持着!

她焦心的不是在公婆妯娌间的委曲求全。这几年对婚姻问题谁都讨论得热闹,她就不懂那些讨论的道理遇到实际时怎么就不发生关系。她这结婚的实际,并没有因为她多留心报纸上,新文学上,所讨论的婚姻问题,家庭问题,恋爱问题,而减少了问题。

"二十五岁了……"有人问到阿淑的岁数时,她妈总是发愁似的轻轻的回答那问她的人,底下说不清是叹息是啰嗦。

在这旧式家庭里,阿淑算是已经超出应该结婚的年龄很多了,她知道。父母那急着要她出嫁的神情使她太难堪!他们天天在替她选择合适的人家——其实那里是选择!反对她尽管反对,那只是消极的无奈何的抵抗,她自己明知道是绝对没有机会选择,乃至于接触比较合适,理想的人物!她挣扎了三年,三年的时间不算短,在她父亲看去那更是不可信的长久……

"余家又托人来提了,你和阿淑商量商量吧,我这身体眼见得更糟,这潮湿天……"父亲的话常常说得很响,故意要她听得见。有时在饭桌上脾气或许更坏一点,"这六十块钱,养活这一大家子!养儿养女都不够,还要捐什么钱?干脆饿死!"有时更直接更难堪,"这又是谁的新褂子?阿淑,你别学时髦穿了到处走,那是找不着婆婆家的——外面瞎认识什么朋友我可不答应,我们不是那种人家!"……懦弱的母亲低着头装作缝衣,"妈劝你将就点……爹身体近来不好,……女儿不能在娘家一辈子的……这家子不算坏;差事不错,前妻没有孩子不能算填房。……"

理论和实际似乎永不发生关系；理论说婚姻得怎样又怎样，今天阿淑都记不得那许多了。实际呢，只要她点一次头，让一个陌生的，异姓的，异性的人坐在她家里，乃至于她旁边，吃一顿饭的手续，父亲和母亲这两三年——竟许已是五六年——来的难题便突然的，在他们是觉得极文明的解决了。

对于阿淑这订婚的疑惧，常使她父亲像小孩子似的自己安慰自己：阿淑这门亲事真是运气呀，说时总希望阿淑听见这话。不知怎样，阿淑听到这话总很可怜父亲，想装出高兴样子来安慰他。母亲更可怜；自从阿淑订婚以来总似乎对她抱歉，常常哑着嗓子说，"看我做母亲的这份心上面。"

看做母亲的那份心上面！那天她初次见到那陌生的，异姓的，异性的人，那个庸俗的典型触碎她那一点脆弱的爱美的希望，她怔住了。能去寻死，为婚姻失望而自杀么？可以大胆告诉父亲，这婚约是不可能的么？能逃脱这家庭的苛刑（在爱的招牌下的）去冒险，去漂落么？

她没有勇气说什么，她哭了一会儿，妈也流了眼泪，后来妈说：阿淑你这几天瘦了，别哭了，做娘的也只是一份心。……现在一鞠躬，一鞠躬的和幸福作别，事情已经太晚得没有办法了。

吵闹的声浪愈加明显了一阵，伴娘为新娘戴上戒指，又由赞礼的喊了一些命令。

迷离中阿淑开始幻想那外面吵闹的原因：洋车夫打电车吧，汽车轧伤了人吧，学生又请愿，当局派军警弹压吧……但是阿淑想怎么我还如是焦急，现在我该像死人一样了，生活的波澜该沾不上我了，像已经临刑的人。但临刑也好，被迫结婚也好，在电影里到了这种无可奈何的时候总有一个意料不到快慰人心的解脱，不合法，特赦，恋人骑着马星夜奔波的赶到……但谁是她的恋人？除却九哥！学政治法律，讲究新思想的九哥，得着他表妹阿淑结婚的消息不知怎样？他恨由父母把持的婚姻……但谁知道他关心么？他们多少年不来往了，虽然在山东住的时候，他们曾经邻居，两小无猜的整天在一起玩。幻想是不中用的，九哥先就不在北平，两年前他回来过一次，她记得自己遇到九哥扶着一位漂亮的女同学在书店前边，她躲过了九哥的视线，惭愧自己一身不入时的装束，她不愿和九哥的女友作个太难堪的比较。

感到手酸，心酸，浑身打颤，阿淑由一堆人拥簇着退到里面房间休息。女客们在新娘前后彼此寒暄照呼，彼此注意大家的装扮。有几个很不客气在批评新娘子，显然认为不满意，"新娘太单薄点。"一个摺着十几层下颏的胖女人，摇着扇和旁边的六姨说话。阿淑觉到她自己真可以立刻碰得粉碎；这位胖太太像一座石臼，六姨则像一根铁杵横在前面，阿淑两手发抖拉紧了一块丝巾，听老妈在她头上不住的搬弄那几朵绒花。

随着花露水香味进屋子来的，是锡娇和丽丽，六姨的两个女儿，她们的装扮已经招了许多羡慕的眼光。有电影明星细眉的锡娇抓把瓜子嗑着，猩红的嘴唇里露出雪白的牙齿。她暗中扯了她妹妹的衣襟，嘴向一个客人的侧面努了一下。丽丽立刻笑红了脸，拿出一条丝绸手绢蒙住嘴挤出人堆到廊上走，望着已经在席上的男客们。有几个已经提起筷子高高兴兴的在选择肥美的鸡肉，一面讲着笑话，顿时都为着丽丽的笑声，转过脸来，镇住眼看她。丽丽扭一下腰，又摆了一下，软的长衫轻轻展开，露出裹着肉色丝袜的长腿走过另一边去。

年轻的茶房穿着蓝布大褂，肩搭一块桌布，由厨房里出来，两只手拿四碟冷荤，几乎撞住丽丽。闻到花露香味，茶房忘却顾忌的斜过眼看。昨晚他上菜的时候，那唱戏的云娟坐在首席曾对着他笑，两只水钻耳坠，打秋千似的左右晃。他最忘不了云娟旁座的张四爷，抓住她如玉的手臂劝干杯的情形。笑眯眯的带醉的眼，云娟明明是向着正端着大碗三鲜汤的他笑。他记得放平了大碗，心还怦怦的跳。直到晚上他睡不着，躺在院里板凳上乘凉，随口唱几声"孤王……酒醉……"才算松动了些。今天又是这么一个笑嘻嘻的小姐，穿着这一身软，茶房垂下头去拿酒壶，心底似乎恨谁似的一股气。

"逸九，你喝一杯什么？"老卢做东这样问。

"我来一杯香桃冰其凌吧。"

"你去拣几块好点心，老孟。"主人又照呼那一个客。午饭问题算是如此解决了。为着天热，又为着起得太晚，老卢看到点心铺前面挂的"卫生冰其凌，咖啡，牛乳，各样点心"这种动人的招牌，便决意里面去消磨时光。约到逸九和老孟来聊天，老卢显然很满意了。

三个人之中，逸九最年少，最摩登。在中学时代就是一口英文，屋子里挂着不是"梨娜"就是"琴妮"的相片，从电影杂志里细心剪下来的，圆一张，方一张，满壁动人的娇憨。——他到上海去了两年，跳舞更是出色了，老卢端详着自己的脚，打算找逸九带他到舞场拜老师去。

"那个电影好,今天下午?"老孟抓一张报纸看。

邻座上两个情人模样男女,对面坐着呆看。男人有很温和的脸,抽着烟没有说话;女人的侧相则颇有动人的轮廓,睫毛长长的活动着,脸上时时浮微笑。她的青纱长衫罩着丰润的肩臂,带着神秘性的淡雅。两人无声的吃着冰其凌,似乎对于一切完全的满足。

老卢、老孟谈着时局,老卢既是机关人员,时常免不了说"我又有个特别的消息,这样看来里面还有原因",于是一层一层的做更详细原因的检讨,深深的浸入政治波澜里面。

逸九看着女人的睫毛,和浮起的笑涡,想到好几年前同在假山后捉迷藏的琼两条发辫,一个垂前,一个垂后的跳跃。琼已经死了这六七年,谁也没有再提起过她。今天这青长衫的女人,单单叫他心底涌起琼的影子。不可思议的,淡淡的,记忆描着活泼的琼。在极旧式的家庭里淘气,二舅舅提根旱烟管,厉声的出来停止她各种的嬉戏。但是琼只是敛住声音低低的笑。雨下大了,院中满是水,又是琼胆子大,把裤腿卷过膝盖,赤着脚,到水里装摸鱼。不小心她滑倒了,还是逸九去把她抱回来。和琼差不多大小的还有阿淑，住在对门，他们时常在一起玩，逸九忽然记起瘦小，不爱说话的阿淑来。

"听说阿淑快要结婚了，嬷嬷吩咐到表姨家问候，不知道阿淑要嫁给谁！"他似乎怕到表姨家。这几年的生疏叫他为难，前年他们遇见一次，装束不入时的阿淑倒有种特有的美，一种灵性……奇怪今天这青长衫女人为什么叫他想起这许多……

"逸九，你有相当的聪明，手腕，你又能巴结女人，你也应该来试试，我介绍你见老王。"

倦了的逸九忽然感到苦闷。

老卢手弹着桌边表示不高兴，"老孟你少说话，逸九这位大少爷说不定他倒愿意去演电影呢！"种种都有一点落伍的老卢嘲笑着翩翩年少的朋友出气。

青纱长衫的女人和她朋友吃完了，站了起来。男的手托着女人的臂腕，无声的绕过他们三人的茶桌前面，走出门去。老卢逸九注意到女人有秀美的腿，稳健的步履。两人的融洽，在不言不语中流露出来。

"他们是甜心！"

"愿有情人都成眷属。"

"这女人算好看不？"

三个人同时说出口来，各各有所感触。

午后的热，由窗口外嘘进来，三个朋友吃下许多清凉的东西，更不知做什么好。

"电影院去，咱们去研究一回什么'人生问题'、'社会问题'吧？"逸九望着桌上的空杯，催促着卢孟两个走。心里仍然浮着琼的影子。活泼，美丽，健硕，全幻灭在死的幕后，时间一样的向前，计量着死的实在。像今天这样，偶尔的回忆就算是证实琼有过活泼生命的唯一的证据。

东安市场门口洋车像放大的蚂蚁一串，头尾衔接着放在街沿。杨三已不在他寻常停车的地方。

"区里去，好，区里去！咱们到区里说个理去！"就是这样，王康和杨三到底结束了殴打，被两个巡警弹压下来。

刘太太打着油纸伞，端正的坐在洋车上，想金裁缝太不小心了，今天这件绸衫下摆仍然不合式，领也太小，紧得透不了气，想不到今天这样热，早知道还不如穿纱的去。裁缝赶做的活总要出点毛病。实甫现在脾气更坏一点，老嫌女人们麻烦。每次有个应酬你总要听他说一顿的。今天张老太太做整寿，又不比得寻常的场面可以随便……

对面来了浅蓝色衣服的年轻小姐，极时髦的装束使刘太太睁大了眼注意了。

"刘太太哪里去？"蓝衣小姐笑了笑，远远招呼她一声过去了。

"人家的衣服怎么如此合适！"刘太太不耐烦的举着花纸伞。

"呜呜——呜呜……"汽车的喇叭响得震耳。

"打住。"洋车夫紧抓车把，缩住车身前冲的趋势。汽车过去后，由刘太太车旁走出一个巡警，带着两个粗人；一根白绳由一个的臂膀系到另一个的臂上。巡警执着绳端，板着脸走着。一个粗人显然是车夫；手里仍然拉着空车，嘴里咕噜着。很讲究的车身，各件白铜都擦得放亮，后面铜牌上还镌着"卢"字。这又是谁家的车夫，闹出事让巡警拉走。刘太太恨恨的一想车夫们爱肇事的可恶，反正他们到区里去少不了东家设法把他们保出来的……

"靠里！……靠里！"威风的刘家车夫是不耐烦挤在别人车

后的——老爷是局长,太太此刻出去阔绰的应酬,洋车又是新打的,两盏灯发出银光……哗啦一下,靠手板在另一个车边擦一下,车已猛冲到前头走了。刘太太的花油纸伞在日光中摇摇荡荡的迎着风,顺着街心溜向北去。

胡同口酸梅汤摊边刚走开了三个挑夫。酸凉的一杯水,短时间的给他们愉快,六只泥泞的脚仍然踏着滚烫的马路行去。卖酸梅汤的老头儿手里正在数着几十枚铜元,一把小鸡毛帚夹在腋下。他翻上两颗黯淡的眼珠,看看过去的花纸伞,知道这是到张家去的客人。他想今天为着张家做寿,客人多,他们的车夫少不得来摊上喝点凉的解渴。

"两吊……三吊!……"他动着他的手指,把一叠铜元收入摊边美人牌香烟的纸盒中。不知道今天这冰够不够使用的,他翻开几重荷叶,和一块灰黑色的破布,仍然用着他黯淡的眼珠向磁缸里的冰块端详了一回。"天不热,喝的人少,天热了,冰又化的太快!"事情那一件不有为难的地方,他叹口气再翻眼看看过去的汽车。汽车轧起一阵尘土,笼罩着老人和他的摊子。

寒暑表中的水银从早起上升,一直过了九十五度的黑线上。

喜棚底下比较荫凉的一片地面上曾聚过各种各色的人物。丁大夫也是其间一个。

丁大夫是张老太太内侄孙，德国学医刚回来不久，麻俐，漂亮，现在社会上已经有了声望，和他同席的都借着他是医生的缘故，拿北平市卫生问题作谈料，什么鼠疫，伤寒，预防针，微菌，全在吞咽八宝东瓜，瓦块鱼，锅贴鸡，炒虾仁中间讨论过。

"贵医院有预防针，是好极了。我们过几天要来麻烦请教了。"说话的以为如果微菌听到他有打预防针的决心也皆气馁了。

"欢迎，欢迎。"

厨房送上一碗凉菜。丁大夫踌躇之后决意放弃吃这碗菜的权利。

小孩们都抢了盘子边上放的小冰块，含到嘴里嚼着玩，其他客喜欢这凉菜的也就不少。天实在热！

张家几位少奶奶装扮得非常得体，头上都戴朵红花，表示对旧礼教习尚仍然相当遵守的。在院子中盘旋着做主人，各人心里都明白自己今天的体面。好几个星期前就顾虑到的今天，她们所理想到的今天各种成功，已然顺序的，在眼前实现。虽然为着这重要的今天，各人都轮流着觉得受过委屈；生过气；用过心思和手腕；将就过许多不如意的细节。

老太太颤巍巍的喘息着，继续维持着她的寿命。杂乱模糊的回忆在脑子里浮沉。兰兰七岁的那年……送阿旭上海医病的那年真热……生四宝的时候在湖南，于是生育，病痛，兵乱，行旅，婚娶，没秩序，没规则的纷纷在她记忆下掀动。

"我给老太太拜寿，您给回一声吧。"

这又是谁的声音？这样大！老太太睁开打瞌睡的眼，看一个浓装的妇人对她鞠躬问好。刘太太——谁又是刘太太，真是的！今天客人太多了，好吃劲。老太太扶着赵妈站起来还礼。

"别客气了，外边坐吧。"二少奶伴着客人出去。

谁又是这刘太太……谁？……老太太模模糊糊的又做了一些猜想，望着门槛又堕入各种的回忆里去。

坐在门槛上的小丫头寿儿，看着院里石榴花出神。她巴不得酒席可以快点开完，底下人们可以吃中饭，她肚子里实在饿得慌。一早眼睛所接触的，大部分几乎全是可口的食品，但是她仍然是饿着肚子，坐在老太太门槛上等候呼唤。她极想再到前院去看看热闹，但为想到上次被打的情形，只得竭力忍耐。

在饥饿中,有一桩事她仍然没有忘掉她的高兴。因为老太太的整寿大少奶给她一副银镯。虽然为着捶背而酸乏的手臂懒得转动,她仍不时得意的举起手来,晃摇着她的新镯子。

午后的太阳斜到东廊上,后院子暂时沉睡在静寂中。幼兰在书房里和羽哭着闹脾气:

"你们都欺侮我,上次赛球我就没有去看。为什么要去?反正人家也不欢迎我……慧石不肯说,可是我知道你和阿玲在一起玩得上劲。"抽噎的声音微微的由廊上传来。

"等会客人进来了不好看……别哭……你听我说……绝对没有这么回事的。咱们是亲表谁不知道我们亲热,你是我的兰,永远,永远的是我的最爱最爱的……你信我……"

"你在哄骗我,我……我永远不会再信你的了……"

"你又来伤我,你心狠……"

声音微下去,也和缓了许多,又过了一些时候,才有轻轻的笑语声。小丫头仍然饿得慌,仍然坐在门槛上没有敢动,她听着小外孙小姐和羽孙少爷老是吵嘴,哭哭啼啼的,她不懂。一会儿他们又笑着一块儿由书房里出来。

"我到婆婆的里间洗个脸去。寿儿你给我打盆洗脸水去。"

寿儿得着打水的命令，高兴的站起来。什么事也比坐着等老太太睡醒都好一点。

"别忘了晚饭等我一桌吃。"羽说完大步的跑出去。

后院顿时又堕入闷热的静寂里；柳条的影子画上粉墙，太阳的红比得胭脂。墙外天蓝蓝的没有一片云，像戏台上的布景。隐隐的送来小贩子叫卖的声音——卖西瓜的——卖凉席的，一阵一阵。

挑夫提起力气喊他孩子找他媳妇。天快要黑下来，媳妇还坐在门口纳鞋底子；赶着那一点天亮再做完一只。一个月她当家的要穿两双鞋子，有时还不够的，方才当家的回家来说不舒服，睡倒在炕上，这半天也没有醒。她放下鞋底又走到旁边一家小铺里买点生姜，说几句话儿。

继续着呻吟，挑夫开始感到苦痛，不该喝那冰凉东西，早知道这大暑天，还不如喝口热茶！迷惘中他看到茶碗，茶缸，施茶的人家，碗，碟，果子杂乱的绕着大圆篓，他又像看到张家的厨房。不到一刻他肚子里像纠麻绳一般痛，发狂的呕吐使他沉入严重的症候里和死搏斗。

挑夫媳妇失了主意，喊孩子出去到药铺求点药。那边时常夏天是施暑药的……

邻居积渐知道挑夫家里出了事，看过报纸的说许是霍乱，要扎针的。张秃子认得大街东头的西医丁家，他披上小褂子，一边扣钮子，一边跑。丁大夫的门牌挂得高高的，新漆大门两扇紧闭着。张秃子找着电铃死命的按，又在门缝里张望了好一会，才有人出来开门。什么事？什么事？门房望着张秃子生气，张秃子看着丁宅的门房说："劳驾——劳驾您大爷，我们'街坊'李挑子中了暑，托我来行点药。"

"丁大夫和管药房先生'出份子去了'，没有在家，这里也没有旁人，这事谁又懂得？！"门房吞吞吐吐的说，"还是到对门益年堂打听吧。"大门已经差不多关上。

张秃子又跑了，跑到益年堂，听说一个孩子拿了暑药已经走了。张秃子是信教的，他相信外国医院的药，他又跑到那边医院里打听，等了半天，说那里不是施医院，并且也不收传染病的，医生晚上也都回家了，助手没有得上边话不能随便走开的。

"最好快报告区里，找卫生局里人。"管事的告诉他，但是卫生局又在那里……

到张秃子失望的走回自己院子里的时候，天已经黑了下来，他听见李大嫂的哭声知道事情不行了。院里磁罐子里还放出浓馥的药味。他顿一脚，"咱们这命苦的……"他已在想如何去捐募点钱，收殓他朋友的尸体。叫孝子挨家去磕头吧！

天黑了下来张宅跨院里更热闹，水月灯底下围着许多孩子，看变戏法的由袍子里捧出一大缸金鱼，一盘子"王母蟠桃"献到老太太面前。孩子们都凑上去验看金鱼的真假。老太太高兴的笑。

大爷熟识捧场过的名伶自动的要送戏，正院前边搭着戏台，当差的忙着拦阻外面杂人往里挤，大爷由上海回来，两年中还是第一次——这次碍着母亲整寿的面，不回来太难为情。这几天行市不稳定，工人们听说很活动，本来就不放心走开，并且厂里的老赵靠不住，大爷最记挂。……

看到院里戏台上正开场，又看廊上的灯，听听厢房各处传来的牌声，风扇声，开汽水声，大爷知道一切都圆满的进行，明天事完了，他就可以走了。

"伯伯上那儿去？"游廊对面走出一个清秀的女孩。他怔住了看，慧石——是他兄弟的女儿，已经长的这么大了？大爷伤感着，看他早死兄弟的遗腹女儿；她长得实在像她爸爸……实在像她爸爸……

"慧石，是你。长得这样俊，伯伯快认不得了。"

慧石只是笑，笑。大伯伯还会说笑话，她觉得太料想不到的事，同时她像被电击一样，触到伯伯眼里蕴住的怜爱，一股心酸抓紧了她的嗓子。

她仍只是笑。

"那一年毕业？"大伯伯问她。

"明年。"

"毕业了到伯伯那里住。"

"好极了。"

"喜欢上海不？"

她摇摇头："没有北平好。可是可以找事做，倒不错。"

伯伯走了，容易伤感的慧石急忙回到卧室里，想哭一哭，但眼睛湿了几回，也就不哭了，又在镜子前抹点粉笑了笑；她喜欢伯伯对她那和蔼态度。嬷常常不满伯伯和伯母的，常说些不高兴他们的话，但她自己却总觉得喜欢这伯的。

也许是骨肉关系有种不可思议的亲热，也许是因为感激知己的心，慧石知道她更喜欢她这伯伯了。

厢房里电话铃响。

"丁宅呀，找丁大夫说话？等一等。"

丁大夫的手气不坏，刚和了一牌三翻，他得意的站起来接电话：

"知道了知道了，回头就去叫他派车到张宅来接。什么？要暑药的？发痧中暑？叫他到平济医院去吧。"

"天实在热，今天，中暑的一定不少。"五少奶坐在牌桌上抽烟，等丁大夫打电话回来。"下午两点的时候刚刚九十九度啦！"她睁大了眼表示严重。

"往年没有这么热，九十九度的天气在北平真可以的了。"一个客人摇了摇檀香扇，急着想做庄。

咯突一声，丁大夫将电话挂上。

报馆到这时候积渐热闹，排字工人流着汗在机器房里忙着。编辑坐到公事桌上面批阅新闻。本市新闻由各区里送到；编辑略略将张宅名伶送戏一节细细看了看，想到方才同太太在市场吃冰其凌后，遇到街上的打架，又看看那段厮打的新闻，于是很自然的写着"西四牌楼三条胡同卢宅车夫杨三……"新闻里将杨三王康的争斗形容得非常动听，一直到了"扭区成讼"。

再看一些零碎，他不禁注意到挑夫霍乱数小时毙命一节，感到白天去吃冰其凌是件不聪明的事。

杨三在热臭的拘留所里发愁，想着主人应该得到他出事的消息了，怎么还没有设法来保他出去。王康则在又一间房子里喂臭虫，苟且的睡觉。

"……那儿呀，我卢宅呀，请王先生说话，……"老卢为着洋车被扣已经打了好几个电话了，在晚饭桌他听着太太的埋怨……那杨三真是太没有样子，准是又喝醉了，三天两回闹事。

"……对啦，找王先生有要紧事，出去饭局了么，回头请他给卢宅来个电话！别忘了！"

这大热晚上难道闷在家里听太太埋怨？杨三又没有回来，还得出去雇车，老卢不耐烦的躺在床上看报，一手抓起一把蒲扇赶开蚊子。

绣 绣

因为时局,我的家暂时移居到××。对楼张家的洋房子楼下住着绣绣。那年绣绣十一岁,我十三。起先我们互相感觉到使彼此不自然,见面时便都先后红起脸来,准备彼此回避。但是每次总又同时彼此对望着,理会到对方有一种吸引力,使自己不容易立刻实行逃脱的举动。于是在一个下午,我们便有意距离彼此不远地同立在张家楼前,看许多人用旧衣旧鞋热闹底换碗。

还是绣绣聪明,害羞的由人丛中挤过去,指出一对美丽的小磁碗给我看,用秘密亲昵的小声音告诉我她想到家里去要一双旧鞋来换。我兴奋的望着她回家的背影,心里漾起一团愉悦的期待。不到一会子工夫,我便又佩服又喜悦的参观到绣绣同换碗的贩子一段交易的喜剧,变成绣绣的好朋友。

那张小小图画今天还顶温柔的挂在我的胸口。这些年了，我仍能见到绣绣的两条发辫系着大红绒绳，睁着亮亮的眼，抿紧着嘴，边走边跳的过来，一只背在后面的手里提着一双旧鞋。挑卖磁器的贩子口里衔着旱烟，像一个高大的黑影，笼罩在那两簇美丽得同云一般各色磁器的担子上面！一些好奇的人都伸过头来看。"这么一点点小孩子的鞋，谁要？"贩子坚硬的口气由旱烟管的斜角里呼出来。

"这是一双皮鞋，还新着呢！"绣绣抚爱地望着她手里旧皮鞋。那双鞋无疑地曾经一度给过绣绣许多可骄傲的体面。鞋面有两道鞋扣。换碗的贩子终于被绣绣说服，取下口里旱烟扣在灰布腰带上，把鞋子接到手中去端详。绣绣知道这机会不应该失落，也就很快的将两只渴慕了许多时候的小花碗捧到她手里。但是鹰爪似的贩子的一只手早又伸了过来，将绣绣手里梦一般美满的两只小碗仍然收了回去。绣绣没有话说，仰着绯红的脸，眼睛潮润着失望的光。

我听见后面有了许多嘲笑的声音，感到绣绣孤立的形势和她周围一些侮辱的压迫，不觉起了一种不平。"你不能欺侮她小！"我听到自己的声音威风的在贩子的胁下响，"能换就快换，不能换，就把皮鞋还给她！"贩子没有理我，也不去理绣绣，忙碌地同别人交易，小皮鞋也还夹在他手里。

"换了吧老李，换了吧，人家一个孩子。"人群中忽有个老年好事的人发出含笑慈祥的声音。"以老卖老"的他将担子里那两只小碗重新捡出交给绣绣同我："哪，你们两个孩子拿着这两只碗快走吧！"我惊讶的接到一只碗，不知所措。绣绣却挨过亲热的小脸扯着我的袖子，高兴的笑着示意叫我同她一块儿挤出人堆来。那老人或不知道，他那时塞到我们手里的不止是两只碗，并且是一把鲜美的友谊。

自此以后，我们的往来一天比一天亲密。早上我伴绣绣到西街口小店里买点零星东西。绣绣是有任务的，她到店里所买的东西都是油盐酱醋，她妈妈那一天做饭所必需的物品，当我看到她在店里非常熟识的要她的货物了，从容的付出或找入零碎铜元同吊票时，我总是暗暗的佩服她的能干，羡慕她的经验。最使我惊异的则是她妈妈所给我的印象。黄瘦的，那妈妈是个极懦弱无能的女人，因为带着病，她的脾气似乎非常暴躁。种种的事她都指使着绣绣去做，却又无时无刻不咕噜着，教训着她的孩子。

起初我以为绣绣没有爹，不久我就知道原来绣绣的父亲是个很阔绰的人物。他姓徐，人家叫他徐大爷，同当时许多父亲一样，他另有家眷住在别一处的。绣绣同她妈妈母女两人早就寄住在这张家亲戚楼下两小间屋子里，好像被忘记了的孤寡。绣绣告诉我，她曾到过她爹爹的家，那还是她那新姨娘没有生小孩以前，她妈叫她去同爹要一点钱。绣绣说时脸红了起来，头低了下去，挣扎着心里各种的羞愤和不平。我没有敢说话，绣绣随着也就忘掉了那不愉快的方面，抬起头来告诉我，她爹家里有个大洋狗非常的好，"爹爹叫它坐下，它就坐下。"还有一架洋钟，绣绣也不能够忘掉"钟上面有个门"，绣绣眼里亮起来，"到了钟点，门会打开，里面跳出一只鸟来，几点钟便叫了几次。""那是——那是爹爹买给姨娘的。"绣绣又偷偷告诉了我。

"我还记得有一次我爹爹抱过我呢，"绣绣说，她常同我讲点过去的事情。"那时候，我还顶小，很不懂事，就闹着要下地，我想那次我爹一定很不高兴的！"绣绣追悔的感到自己的不好，惋惜着曾经领略过又失落了的一点点父亲的爱。"那时候，你太小了当然不懂事。"我安慰着她。"可是……那一次我到爹家里去时，又弄得他不高兴呢！"绣绣心里为了这桩事，大概已不止一次的追想难过着，"那天我要走的时候，"她重新说下去，"爹爹翻开抽屉问姨娘有什么好玩艺儿给我玩，我看姨娘没有答应，怕她不高兴，便说，我什么都不要，爹听见就很生气把抽屉关上，说：不要就算了！"——这里绣绣本来清脆的声音显然有点哑，"等我再想说话，爹已经起来把给妈的钱交给我，还说，你告诉她，有病就去医，自己乱吃药，明日吃死了我不管！"这次绣绣伤心的对我诉着委屈，轻轻抽噎着哭，一直坐在我们后院子门槛上玩，到天黑了才慢慢地踱回家去，背影消失在张家灰黯的楼下。

夏天热起来，我们常常请绣绣过来喝汽水，吃藕，吃西瓜。娘把我太短了的花布衫送给绣绣穿，她活泼的在我们家里玩，帮着大家摘菜，做凉粉，削果子做甜酱，听国文先生讲书，讲故事。她的妈则永远坐在自己窗口里，摇着一把蒲扇，不时颤声的喊，"绣绣！绣绣！"底下咕噜着一些埋怨她不回家的话，"……同她父亲一样，家里总坐不住！"

有一天，天将黑的时候，绣绣说她肚子痛，匆匆跑回家去。

到了吃夜饭时候，张家老妈到了我们厨房里说，绣绣那孩子病得很，她妈不会请大夫，急得只坐在床前哭。我家里人听见了就叫老陈妈过去看绣绣，带着一剂什么急救散。我偷偷跟在老陈妈后面，也到绣绣屋子去看她。我看到我的小朋友脸色苍白的在一张木床上呻吟着，屋子在那黑夜小灯光下闷热的暑天里，显得更凌乱不堪。那黄病的妈妈除却交叉着两只手发抖的在床边敲着，不时呼唤绣绣外，也不会为孩子预备一点什么值当的东西。大个子的蚊子咬着孩子的腿同手臂，大粒子汗由孩子额角沁出流到头发旁边。老陈妈慌张前后的转，拍着绣绣的背，又问徐大妈妈——绣绣的妈——要开水，要药锅煎药。我偷个机会轻轻溜到绣绣床边叫她，绣绣听到声音还勉强的睁开眼睛看看我作了一个微笑，吃力的低声说，"蚊香……在屋角……劳驾你给点一根……"她显然习惯于母亲的无用。

"人还清楚！"老陈妈放心去熬药。这边徐大奶奶咕噜着，"告诉你过人家的汽水少喝！果子也不好，我们没有那命吃那个……偏不听话，这可招了祸！……你完了小冤家，我的老命也就不要了……"绣绣在呻吟中间显然还在哭辩着，"那里是那些，妈……今早上……我渴，喝了许多凉水。"

269

家里派人把我拉回去。我记得那一夜我没得好睡，惦记着绣绣，做着种种可怕的梦。绣绣病了差不多一个月，到如今我也不知道到底患的什么病，他们请过两次不同的大夫，每次买过许多杂药。她妈天天给她稀饭吃。正式的医药没有，营养更是等于零的。

因为绣绣的病，她妈妈埋怨过我们，所以她病里谁也不敢送吃的给她。到她病将愈的时候，我天天只送点儿童画报一类的东西去同她玩。

病后，绣绣那灵活的脸上失掉所有的颜色，更显得异样温柔，差不多超尘的洁净，美得好像画里的童神一般，声音也非常脆弱动听，牵得人心里不能不漾起怜爱。但是以后我常常想到上帝不仁的排布，把这么美好敏感，能叫人爱的孩子虐待在那么一个环境里，明明父母双全的孩子，却那样零仃孤苦，使她比失却怙恃更茕子无所依附。当时我自己除却给她一点童年的友谊，作个短时期的游伴以外，毫无其他能力护助着这孩子同她的运命搏斗。

她父亲在她病里曾到她们那里看过她一趟，停留了一个极短的时间。但他因为不堪忍受绣绣妈的一堆存积下的埋怨，他还发气狠心的把她们母女反申斥了教训了，也可以说是辱骂了一顿。悻悻的他留下一点钱就自己走掉，声明以后再也不来看她们了。

我知道绣绣私下曾希望又希望着她爹去看她们，每次结果都是出了她孩子打算以外的不圆满。这使她很痛苦。这一次她忍耐不住了，她大胆的埋怨起她的妈，"妈妈，都是你这样子闹，所以爹气走了，赶明日他再也不来了！"其实绣绣心里同时也在痛苦着埋怨她爹。她有一次就轻声的告诉过我："爹爹也太狠心了，妈妈虽然有脾气，她实在很苦的，她是有病。你知道她生过六个孩子，只剩我一个女的，从前，她常常一个人在夜里哭她死掉的孩子，日中老是做活计，样子同现在很两样，脾气也很好的。"但是绣绣虽然告诉过我——她的朋友——她的心绪，对她母亲的同情，徐大奶奶都只听到绣绣对她一时气愤的埋怨，因此便借题发挥起来，夸张着自己的委曲，向女儿哭闹，谩骂。

那天张家有人听得不过意了，进去干涉，这一来，更触动了徐大奶奶的歇斯塔尔利亚的脾气，索性气结的坐在地上狠命的咬牙捶胸，疯狂似的大哭。等到我也得到消息过去看她们时，绣绣已哭到眼睛红肿，蜷伏在床上一个角里抽搐得像个可怜的迷路的孩子。左右一些邻居都好奇，好事的进去看她们。我听到出来的人议论着她们事说："徐大爷前月生个男孩子了。前几天替孩子做满月办了好几桌席，徐大奶奶本来就气得几天没有吃好饭，今天大爷来又说了她同绣绣一顿，她更恨透了，巴不得同那个新的人拼命去！凑巧绣绣还护着爹，倒怨起妈来，你想，她可不就气疯了，拿孩子来出气么？"我还听见有人为绣绣不平，又有人说："这都是孽债，绣绣那孩子，前世里该了他们什么吧？怪可怜的，那点点年纪，整天这样捱着。你看她这场病也会不死？这不是该他们什么还没有还清么？！"

绣绣的环境一天不如一天，的确好像有孽债似的，妈妈的暴躁比以前更迅速的加增，虽然她对绣绣的病不曾有效的维护调摄，为着忧虑女儿的身体那烦恼的事实却增进她的衰弱怔忡的症候，变成一个极易受刺激的妇人。为着一点点事，她就得狂暴的骂绣绣。有几次简直无理的打起孩子来。楼上张家不胜其烦，常常干涉着，因之又引起许多不愉快的口角，给和平的绣绣更多不方便同为难。

我自认已不迷信的了，但是人家说绣绣似来还孽债的话，却偏深深印在我脑子里，让我回味又回味着，不使我摆脱开那里所隐示的果报轮回之说。读过《聊斋志异》同《西游记》的小孩子的脑子里，本来就装着许多荒唐的幻想的，无意的迷信的话听了进去便很自然发生了相当影响。此后不多时候我竟暗同绣绣谈起观音菩萨的神通来。两人背着人描下柳枝观音的像夹在书里，又常常在后院偷向西边虔敬的作了一些滑稽的参拜，或烧几炷家里的蚊香。我并且还教导绣绣暗中临时念"阿弥陀佛，救苦救难观世音菩萨"，告诉她那可以解脱突来的灾难。病得瘦白柔驯，乖巧可人的绣绣，于是真的常常天真的双垂着眼，让长长睫毛美丽地覆在脸上，合着小小手掌，虔意的喃喃向着传说能救苦的观音祈求一些小孩子的奢望。

"可是，小姊姊，还有耶稣呢？"有一天她突然感觉到她所信任的神明问题有点儿蹊跷，我们两人都是进过教会学校的——我们所受的教育，同当时许多小孩子一样本是矛盾的。

"对了，还有耶稣！"我呆然，无法给她合理的答案。

神明本身既发生了问题，神明自有公道慈悲等说也就跟着动摇了。但是一个漂泊不得于父母的寂寞孩子显然需要可皈依的主宰的，所以据我所知道，后来观音同耶稣竟是同时庄严的在绣绣心里受她不断地敬礼!

这样日子渐渐过去，天凉快下来，绣绣已经又被指使着去临近小店里采办杂物，单薄的后影在早晨凉风中摇曳着，已不似初夏时活泼。看到人总是含羞的不说什么话，除却过来找我一同出街外，也不常到我们这边玩了。

突然的有一天早晨，张家楼下发出异样紧张的声浪，徐大奶奶在哭泣中锐声气愤地在骂着，诉着，喘着，与这锐声相间而发的有沉重的发怒的男子口音。事情显然严重。借着小孩子身份，我飞奔过去找绣绣。张家楼前停着一辆讲究的家车，徐大奶奶房间的门开着一线，张家楼上所有的仆人，厨役，打杂同老妈，全在过道处来回穿行，好奇的听着热闹。屋内秩序比寻常还要紊乱，刚买回来的肉在荷叶上挺着，一把蔬菜萎靡的像一把草，搭在桌沿上，放出灶边或菜市里那种特有气味。一堆碗箸，用过的同未用的，全在一个水盆边放着。墙上美人牌香烟的月份牌已让人碰得在歪斜里悬着。最奇怪的是那屋子里从来未有过的雪茄烟的气氛。徐大爷坐在东边木床上，紧紧锁着眉，怒容满面，口里衔着烟，故作从容地抽着，徐大奶奶由邻居里一个老太婆同一个小脚老妈子按在一张旧藤椅上还断续地颤声地哭着。

当我进门时,绣绣也正拉着楼上张太太的手进来,看见我头低了下去,眼泪显然涌出,就用手背去擦着已经揉得红肿的眼皮。

徐大奶奶见到人进来就锐声的申诉起来。她向着楼上张太太:"三奶奶,你听听我们大爷说的没有理的话!……我就有这么半条老命,也不能平白让他们给弄死!我熬了这二十多年,现在难道就这样子把我撵出去?人得有个天理呀!……我打十七岁来到他家,公婆面上什么没有受过,捱过,……"

张太太望望徐大爷,绣绣也睁着大眼睛望着她的爹,大爷先只是抽着烟严肃的冷酷的不做声。后来忽然立起来,指着绣绣的脸,愤怒的做个强硬的姿势说:"我告诉你,不必说那许多废话,无论如何,你今天非把家里那些地契拿出来交还我不可,……这真是岂有此理!荒唐之至!老家里的田产地契也归你管了,这还成什么话!"

夫妇两人接着都有许多驳难的话;大奶奶怨着丈夫遗弃,克扣她钱,不顾旧情,另有所恋,不管她同孩子两人的生活,在外同那女人浪费。大爷说他妻子，不识大体，不会做人，他没有法子改良她，他只好提另再娶能温顺着他的女人另外过活，坚不承认有何虐待大奶奶处。提到地契，两人各据理由争执，一个说是那一点该是她老年过活的凭借，一个说是祖传家产不能由她作主分配。相持到吃中饭时分，大爷的态度愈变愈强硬，大奶奶却喘成一团，由疯狂的哭闹，变成无可奈何的啜泣。别人已渐渐退出。

直到我被家里人连催着回去吃饭时，绣绣始终只缄默的坐在角落里，由无望的伴守着两个互相仇视的父母，听着楼上张太太的几次清醒的公平话，尤其关于绣绣自己的地方。张太太说的要点是他们夫妇两人应该看绣绣面上，不要过于固执。她说："那孩子近来病得很弱。"又说："大奶奶要留着一点点也是想到将来的事，女孩子长大起来还得出嫁，你不能不给她预备点。"她又说："我看绣绣很聪明，下季就不进学，开春也应该让她去补习点书。"她又向大爷提议："我看以后大爷每月再给绣绣筹点学费，这年头女孩不能老不上学尽在家里做杂务的。"

这些中间人的好话到了那生气的两个人耳里，好像更变成一种刺激，大奶奶听到时只是冷讽着："人家有了儿子了，还顾了什么女儿！"大爷却说："我就给她学费，她那小气的妈也不见得送她去读书呀？"大奶奶更感到冤枉了，"是我不让她读书么？你自己不说过：女孩子不用读那么些书么？"

无论如何，那两人固执着偏见，急迫只顾发泄两人对彼此的仇恨，谁也无心用理性来为自己的纠纷寻个解决的途径，更说不到顾虑到绣绣的一切。那时我对绣绣的父母两人都恨透了，恨不得要同他们说理，把我所看到各种的情形全盘不平的倾吐出来，叫他们醒悟，乃至于使他们悔过，却始终因自己年纪太小，他们情形太严重，拿不起力量，懦弱的抑制下来。但是当我咬着牙毒恨他们时，我偶然回头看到我的小朋友就坐在那里，眼睛无可奈何的向着一面，无目的愣着，忽然使我起一种很奇怪的感觉。我悟到此刻在我看去无疑问的两个可憎可恨的人，却是那温柔和平绣绣的父母。我很明白即使绣绣此刻也有点恨着他们，但是蒂结在绣绣温婉的心底的，对这两人到底仍是那不可思议的深爱！

我在惘惘中回家去吃饭，饭后等不到大家散去，我就又溜回张家楼下。这次出我意料以外的，绣绣房前是一片肃静。外面风刮得很大，树叶和尘土由甬道里卷过，我轻轻推门进去，屋里的情形使我不禁大吃一惊，几乎失声喊出来！方才所有放在桌上木架上的东西，现在一起打得粉碎，扔散在地面上……大爷同大奶奶显然已都不在那里，屋里既无啜泣，也没有沉重的气愤的申斥声，所余仅剩苍白的绣绣，抱着破碎的想望，无限的伤心，坐在老妈子身边。雪茄烟气息尚香馨地笼罩在这一幅惨淡滑稽的画景上面。

"绣绣，这是怎么了？"绣绣的眼眶一红，勉强调了一下哽咽的嗓子，"妈妈不给那——那地契，爹气了就动手扔东西，后来……他们就要打起来，隔壁大妈给劝住，爹就气着走了……妈让他们扶到楼上'三阿妈'那里去了。"

小脚老妈开始用条帚把地上碎片收拾起来。

忽然在许多凌乱中间，我见到一些花磁器的残体，我急急拉过绣绣，两人一同俯身去检验。

"绣绣！"我叫起来，"这不是你那两只小磁碗？也……让你爹砸了么？"

绣绣泪汪汪的点点头，没有答应，云似的两簇花磁器的担子和初夏的景致又飘过我心头，我捏着绣绣的手，也就默然。外面秋风摇撼着楼前的破百叶窗，两个人看着小脚老妈子将那美丽的尸骸同其他茶壶粗碗的碎片，带着茶叶剩菜，一起送入一个旧簸箕里，葬在尘垢中间。

这世界上许多纷纠使我们孩子的心很迷惑，——那年绣绣十一，我十三。

终于在那年的冬天，绣绣的迷惑终止在一个初落雪的清早里。张家楼房背后那一道河水，冻着薄薄的冰，到了中午阳光隔着层层的雾惨白的射在上面，绣绣已不用再缩着脖颈，顺着那条路，迎着冷风到那里去了！无意的她却把她的迷惑留在我心里，飘忽于张家楼前同小店中间直到了今日。

廿六，三，廿

书 信

致胡适（一九三二年六月十四日）

适之先生：

上次我上山以前，你到我们家里来，不凑巧我正出去，错过了，没有晤着，真可惜。你大忙中跑来我们家，使我疑心到你是有什么特别事情的，可是猜了半天都猜不出，如果真的有事，那就请你给我个信罢。

那一天我答应了胡太太代找房子，似乎对于香山房子还有一点把握，这两天打听的结果，多半是失望，请转达。但是这不是说香山绝对没有可住的地方，租的是说没有了，可惜的却似乎还有很多。双清别墅听说已让守和夫妇暂借了，虽然是短期。

我的姑丈卓君庸的"自青榭"倒也不错，并且他是极欢迎人家借住的，如果愿意，很可以去接洽一下。去年刘子楷太太借住几星期,客人主人都高兴一场的。自青榭在玉泉山对门,虽是平地,却也别饶风趣,有池;有柳;有荷花鲜藕;有小山坡;有田陌;即是游卧佛寺,碧云寺,香山,骑驴洋车皆极方便。谢谢送来独立周刊。听到这刊出世以久,却尚未得一见,前日那一期还是初次见面。读杨今甫那篇东西颇多感触,志摩已别半载,对他的文集文稿一类的整理尚未有任何头绪,对他文字严格批评的文章也没有人认真做过一篇。国难期中大家没有心绪,沪战烈时更谈不到文章自是大原因,现在过时这么久,集中问题不容易了,奈何!

我今年入山已月余,触景伤怀,对于死友的悲念,几乎成个固定的咽梗牢结在喉间,生活则仍然照旧辗进,这不自然的缄默像个无形的十字架,我奇怪我不曾一次颠仆在那重量底下。

有时也还想说几句话,但是那些说话似乎为了它们命定的原因,绝不会诞生在语言上,虽然它们的幻灭是为了忠诚,不是为了虚伪,但是一样的我感到伤心,不可忍的苦闷。整日在悲思悲感中挣扎,是太没意思的颓废。先生你有什么通达的哲理赐给我没有?

新月的新组织听说已经正式完成,月刊在那里印,下期预备那一天付印，可否示知一二。"独立"容否小文字？有篇书评只怕太长些。（关于萧翁与爱莲戴莱通讯和戈登克雷写的他母亲的小传作对照的评论，我认为那两本东西是剧界极重要的 document，不能作浪漫通讯看待。）

思成又跑路去，这次又是一个宋初木建——在宝坻县——比蓟州独乐寺或能更早。这种工作在国内甚少人注意关心，我们单等他的测绘详图和报告印出来时吓日本鬼子一下痛快：省得他们目中无人以为中国好欺侮。

天气好得很，有空千万上山玩一次，包管你欢喜不觉得白跑。

徽音

香山　六月十四日

致费慰梅、费正清（一九三六年一月四日）

最亲爱的慰梅和正清：

……自从你们两人来到我们身边，并向我注入了新的活力和对生活以及总体上对未来的新看法以来，我变得更加年轻、活泼和有朝气了。每当我回想起今年冬天我所做过的每一件事，我自己都会感到惊讶并充满感激之情。

你们知道，我是在双重文化的教养下长大的，不容否认，双重文化的接触与活动对我是不可少的。在你们俩真正在（北总布胡同）3号进入我们的生活之前，我总是觉得若有所失，缺了点什么，有一种精神上的贫乏需要营养，而你们的"蓝色书信"充分地补足了这一点。另一方面，我在北京的朋友都比我年岁大，比我老成。他们提供不了多少乐趣，反而总是要从思成和我身上寻求灵感和某些新鲜东西。我常有枯竭之感。

……今秋或初冬的那些野餐、骑马（还有山西之行）使我的整个世界焕然一新。试想如果没有这些，我如何能熬过我们民族频繁的危机所带来的紧张、困惑和忧郁？骑马也有其象征意义。在我总认为都是日本人和他们的攻击目标的齐化门（即今北京市朝阳门。）外，现在我可以看到农村小巷和在寒冬中的广袤的原野，散布着银色的纤细枯枝，寂静的小庙和人们可以怀着浪漫的自豪偶尔跨越的桥。

　　……

你们永远的菲丽丝
一九三六年一月四日

致费慰梅、费正清（一九四〇年九月二十日）

亲爱的慰梅和费正清：

读着你们八月份最后一封信使我热泪盈眶地再次认识到你们对我们所有这些人的不变的深情，这深情带有你们的人格特点，而我们，经过这么长久的沉默，又如此天各一方，真觉得自己配不上这份情意。种种痛苦、欢乐和回忆泉涌而来，哽在我的眼底、鼻间和喉头。那是一种欣慰的震撼，却把我撕裂，情不自禁地泪如雨下。我甚至不能像爱丽丝那样在自己的泪水里游泳。如果那里面有一股感伤的潮流，泪水就会把我淹死。

我赶巧生病了，或者说由于多日在厨房里奋斗使我头疼如裂，只得卧床休息。老金把你们的信从城里带来给我，他不经意地把信在我面前晃了晃。天已经快黑了，我刚读了第一段，泪水就模糊了我的视线，我实在忍不住。我的反应是：慰梅仍然是那个"慰梅"。不管这意味着什么,我无法表达,只能傻子似的在我的枕头上哭成一团。老金这时走进已经暗下来的屋子,使事情更加叫人心烦意乱。他先是说些不相干的事,然后便说到那最让人绝望的问题——即必须立即做出决定,教育部已命令我们迁出云南,然后就谈到了我们尴尬的财政状况。我根本没有明白他在说些什么,直到说起他不知怎么有了一百美元,而这笔钱我们——梁家可以用等等。思成立即问他是不是因为写了一篇英文文章得到了这笔钱,老金不承认。到此我已猜出了真相。他从来不善说谎或搞什么阴谋。我们很清楚你们两人能够为我们做什么。所以我立刻明白了这阴谋之所在。于是我禁不住像爱丽丝一样嚎啕大哭起来。既然如此,那你也就得听我讲讲我那辛酸的故事。

在我继续往下讲之前,你们得先明白两点。第一,也是最重要的,你和费正清首先绝对是少有的最亲近和最亲爱的那种人,第二,你们的礼物来得正是我们最最需要的时候,这使我们更加心情激动并特别特别感激。你们怎么会为我们想得这么周到。在大洋此岸的芸芸众生之中,作为受惠者我们觉得自己是多么微不足道。泪水不足以表达我此时的感受。我只因为无力表达所有积在心中使我窒息的感受而感到麻木和极度疲倦。如果有什么能向你们表达，那就是——无言。

读了你们最后的来信使我想，我最近给你们的信是不是无意中太无条理、太轻率了。如果是这样，请原谅我。我想不论告诉你们什么事都保持一种合理的欢乐语气，而我又并不是对什么事都那么乐观的，尽管有些事并不乏某些喜剧色彩，其结果可能就使得我的信有一种不协调的轻浮和无条理。现实往往太使人痛苦。不像我们亲爱的老金，以他具有特色、富于表现力的英语能力和丰富的幽默感，以及无论遇到什么事都能处变不惊的本领，总是在人意想不到的地方为朋友们保留着一片温暖的笑。我很怕如果放任自己这样写下去，这封信将会灾难性地变得又长又枯燥，塞满生硬的细节而无法解脱。

很难言简意赅地在一封信里向你们描述我们生活的情景。形势变化极快，情绪随之起伏。感情上我们并不特别关注什么，只不过是随波逐流，同时为我们所珍惜，认为生活中所不可或缺的某些最好的东西感到朦胧的悲伤。这种感觉在这里是无价的和不可缺少的。在我们谈话时总是不经意地提到慰梅和费正清，并把他们放在显著的地位。

你们这封信来到时正是中秋节前一天，天气开始转冷，天空布满越来越多的秋天的泛光，景色迷人。空气中飘满野花香——久已忘却的无数最美好的感觉之一。每天早晨和黄昏，阳光从奇异的角度偷偷射进在这个充满混乱和灾难的无望的世界里，人们仍然意识到安静和美的那种痛苦的感觉之中。战争，特别是我们自己的这场战争，正在前所未有地阴森森地逼近我们，逼近我们的皮肉、心灵和神经。而现在却是节日，看来更像是对——逻辑——的一个讽刺（别让老金看到这句话）。

老金无意中听到了这一句，正在他屋里格格地笑，说把这几个词放在一起毫无意义。不是我要争辩，逻辑这个词就应当常像别的词一样被用得轻松些，而不要像他那样，像个守财奴似的把它包起来。老金正在过他的暑假，所以上个月跟我们一起住在乡下。更准确地说，他是和其他西南联大的教授一样，在这个间隙中"无宿舍"。他们称之为"假期"，不用上课，却为马上要迁到四川去而苦恼、焦虑。

我们正在一个新建的农舍中安下家来。它位于昆明市东北八公里处一个小村边上，风景优美而没有军事目标。邻接一条长堤，堤上长满如古画中的那种高大笔直的松树。我们的房子有三个大一点的房间，一间原则上归我用的厨房和一间空着的佣人房，因为不能保证这几个月都能用上佣人，尽管理论上我们还请得起，但事实上超过了我们的支付能力（每月七十美元左右）。这个春天，老金在我们房子的一边添盖了一间"耳房"。这样，整个北总布胡同集体就原封不动地搬到了这里，可天知道能维持多久。

出乎意料地，这所房子花了比原先告诉我们的高三倍的钱。用去我们刚刚够花的积蓄，使思成处在一种可笑的窘境之中（我想这种表述方式大概是对的）。在建房的最后阶段事情变得有些滑稽，虽然也让人兴奋。所有在我们旁边也盖了类似房子的朋友（指当时在龙头村自建这种土坯小房的还有原中央博物院考古学家李济、西南联大政治学教授钱端升等。），高兴地互相指出各自特别啰嗦之处。我们的房子是最晚建成的，以致最后不得不为争取每一块木板、每一块砖，乃至我们需要的每根钉子。为了能够迁入这个甚至不足以"蔽风雨"——这是中国的经典定义，你们想必听过思成的讲演的——屋顶之下，我们得亲自帮忙运料，做木工和泥瓦匠。

无论如何，我们现在已经完全住进了这所新房子，有些方面它也颇有些美观和舒适之处。我们甚至有时候还挺喜欢它呢。但看来除非有慰梅和费正清来访，它总也不能算完满。因为它要求有真诚的朋友来赏识它真正的内在质量。我必须停笔了，将把其余的八页手写稿打出来。因为老金等着要把他给道丽的信寄走。我没有机会给她写信了，但我很想写。

向在美国，特别是在温丝罗普街（温丝罗普街费慰梅和费正清在美国康州坎布里奇市住宅所在街名。）的朋友们致以我最真诚的爱。等你下次来信时我也许已不在这所房子，甚至不在这个省里了，因为我们将乘硬座长途汽车去多山的贵州，再到四川。

爱你的　菲丽丝

一九四〇年九月二十日　昆明

致费慰梅、费正清（一九四一年八月十一日）

最亲爱的慰梅和正清：

尽管我百分之百地肯定日本鬼子绝对不会往李庄这个边远小镇扔炸弹，但是，一个小时之前这二十七架从我们头顶轰然飞过的飞机仍然使我毛骨悚然——有一种随时都会被炸中的异样的恐惧。它们飞向上游去炸什么地方，可能是宜宾，现在又回来，仍然那么狂妄地、带着可怕的轰鸣和险恶的意图飞过我们的头顶。我刚要说这使我难受极了，可我忽然想到，我已经病得够难受了，这只是一时让我更加难受，温度升高、心跳不舒服地加快……眼下，在中国的任何角落也没有人能远离战争。不管我们是不是在进行实际的战斗，也和它分不开了。

……我们很幸运，现在有了一个农村女佣，她人好，可靠，非常年轻而且好脾气，唯一缺点是精力过剩。要是你全家五口只有七个枕套和相应的不同大小和质地的床单,而白布在市场上又和金箔一样难得,你就会在看到半数的床单和两个枕套在一次认真地洗涤之后成了布条,还有衬衫一半的扣子脱了线,旧衬衫也被揉搓得走了形而大惊失色。这些衬衫的市价一件在四十美元以上。在这个女佣人手里各种家用器皿和食物的遭遇都是一样的。当然我们尽可能用不会打碎的东西,但是看来没有什么是不会碎的,而且贵得要命或无可替换……

思成是个慢性子,愿意一次只做一件事,最不善处理杂七杂八的家务。但杂七杂八的事却像纽约中央车站任何时候都会到达的各线火车一样冲他驶来。我也许仍是站长,但他却是车站!我也许会被碾死,他却永远不会。老金(正在这里休假)是那样一种过客,他或是来送客,或是来接人,对交通略有干扰,却总能使车站显得更有趣,使站长更高兴些。

爱你们的菲丽丝

一九四一年八月十一日　李庄

当着站长和正在打字的车站,旅客除了眼看一列列火车通过外，竟茫然不知所云，也不知所措。我必须说这是一种非常奇怪的铁路管理。我曾不知多少次经过纽约中央车站，却从未见过那站长。而在这里却实实在在地既见到了车站又见到了站长。要不然我很可能会把它们两个搞混。（金岳霖附言）

> 八月十三日　中央车站

现在轮到车站了：其主梁因构造不佳而严重倾斜，加以协和医院设计和施工的丑陋的钢铁支架经过七年服务已经严重损耗，从我下面经过的繁忙的战时交通看来已经动摇了我的基础。（梁思成附言）

致沈从文（一九三四年二月二十七日）

二哥：

　　世间事有你想不到的那么古怪，你的信来的时候正遇到我双手托着头在自恨自伤的一片苦楚的情绪中熬着。在廿四个钟头中，我前前后后，理智的，客观的，把许多纠纷痛苦和挣扎或希望或颓废的细目通通看过好几遍，一方面展开事实观察，一方面分析自己的性格情绪历史，别人的性格情绪历史，两人或两人以上互相的生活，情绪和历史，我只感到一种悲哀，失望，对自己对生活全都失望无兴趣。我觉到像我这样的人应该死去；减少自己及别人的痛苦！这或是暂时的一种情绪，一会儿希望会好。

　　在这样的消极悲伤的情景下，接到你的信，理智上，我虽然同情你所告诉我你的苦痛（情绪的紧张），在情感上我却很羡慕你那么积极那么热烈，那么丰富的情绪，至少此刻同我的比，我的显然萧条颓废消极无用。你的是在情感的尖锐上奔进！

可是此刻我们有个共同的烦恼，那便是可惜时间和精力，因为情绪的盘旋而耗废去。

你希望抓住理性的自己，或许找个聪明的人帮忙你整理一下你的苦恼或是"横溢的情感"，设法把它安排妥帖一点，你竟找到我来，我懂得的，我也常常被同种的纠纷弄得左不是右不是，生活掀在波澜里，盲目的同危险周旋，累得我既为旁人焦灼，又为自己操心，又同情于自己又很不愿意宽恕放任自己。

不过我同你有大不同处：凡是在横溢奔放的情感中时，我便觉到抓住一种生活的意义，即使这横溢奔放的情感所发生的行为上纠纷是快乐与苦辣对渗的性质，我也不难过不在乎。我认定了生活本身原质是矛盾的，我只要生活；体验到极端的愉快，灵质的，透明的，美丽的近于神话理想的快活，以下我情愿也随着赔偿这天赐的幸福，坑在悲痛，纠纷失望，无望，寂寞中捱过若干时候，好像等自己的血来在创伤上结痂一样！一切我都在无声中忍受，默默的等天来布置我，没有一句话说！（我且说说来给你做个参考。）

我所谓极端的，浪漫的或实际的都无关系，反正我的主义是要生活，没有情感的生活简直是死！生活必须体验丰富的情感，把自己变成丰富，宽大能优容，能了解，能同情种种"人性"，能懂得自己，不苛责自己，也不苛责旁人，不难自己以所不能，也不难别人所不能，更不怨运命或是上帝，看清了世界本是各种人性混合做成的纠纷，人性又就是那么一回事，脱不掉生理，心理，环境习惯先天特质的凑合！把道德放大了讲，别裁判或裁削自己。任性到损害旁人时如果你不忍，你就根本办不到任性的事。（如果你办得到，那你那种残忍，便是你自己性格里的一点特性，也用不着过分的去纠正。）想做的事太多，并且互相冲突时，拣最想做——想做到顾不得旁的牺牲——的事做，未做时心中发生纠纷是免不了的，做后最用不着后悔，因为你既会去做，那桩事便一定是不可免的，别尽着罪过自己。

我方才所说到极端的愉快，灵质的，透明的，美丽的快乐，不知道你有否同一样感觉。我的确有过，我不忘却我的幸福。我认为最愉快的事都是一闪亮的，在一段较短的时间内进出神奇的——如同两个人透彻的了解：一句话打到你心里，使得你理智和感情全觉到一万万分满足；如同相爱：在一个时候里，你同你自身以外另一个人互相以彼此存在为极端的幸福；如同恋爱，在那时那刻眼所见，耳所听，心所触无所不是美丽，情感如诗歌自然的流动，如花香那样不知其所以。这些种种便都是一生中不可多得的瑰宝。世界上没有多少人有那机会，且没有多少人有那种天赋的敏感和柔情来尝味那经验，所以就有那种机会也无用。如果有如诗剧神话般的实景，当时当事者本身却没有领会诗的情感又如何行？即使有了，只是浅俗的赏月折花的限量，那又有什么话说？！转过来说，对悲哀的敏感容量也是生活中可贵处。当时当事，你也许得流出血泪，过去后那些在你经验中也是不可鄙视的创痂。（此刻说说话，我倒暂时忘记了我昨天到今晚已整整哭了廿四小时，中间仅仅睡着三四个钟头，方才在过分的失望中颓废着觉到浪费去时间精力，很使自己感叹。）在夫妇中间为着相爱纠纷自然痛苦，不过那种痛苦也是夹着极端丰富的幸福在内的。冷漠不关心的夫妇结合才是真正的悲剧！

如果在"横溢情感"和"僵死麻木的无情感"中叫我来拣一个，我毫无问题要拣上面的一个，不管是为我自己或是为别人。人活着的意义基本的是在能体验情感。能体验情感还得有智慧有思想来分别了解那情感——自己的或别人的！如果再能表现你自己所体验所了解的种种在文字上——不管那算是宗教或哲学，诗，或是小说，或是社会学论文——（谁管那些）——使得别人也更得点人生意义，那或许就是所有的意义了——不管人文明到什么程度，天文地理科学的通到那里去，这点人性还是一样的主要，一样的是人生的关键。

在一些微笑或皱眉印象上称较分量，在无边际人事上驰骋细想正是一种生活。

算了吧！二哥，别太虐待自己，有空来我这里，咱们再费点时间讨论讨论它，你还可以告诉我一点实在情形。我在廿四小时中只在想自己如何消极到如此田地苦到如此如此，而使我苦得想去死的那个人自己在去上海火车中也苦得要命，已经给我来了两封电报一封信，这不是"人性"的悲剧么？那个人便是说他最不喜管人性的梁二哥！

徽因

你一定得同老金（指金岳霖）谈谈，他真是能了解同时又极客观极同情极懂得人性，虽然他自己并不一定会提起他的历史。

致沈从文（一九三七年十一月九日至十日）

二哥：

在黑暗中，在车站铁篷子底分别，很有种清凉味道，尤其是走的人没有找着车位，车上又没有灯，送的打着雨伞，天上落着很凄楚的雨，地下一块亮一块黑的反映着泥水洼，满车站的兵——开拔的到前线的，受伤开回到后方的！那晚上很代表我们这一向所过的日子的最黯淡的底层——这些日子表面上固然还留一点未曾全褪败的颜色。

这十天里长沙的雨更象征着一切霉湿，凄怆，惶惑的生活。那种永不开缝的阴霾封锁着上面的天，留下一串串继续又继续着檐漏般不痛快的雨，屋里人冻成更渺小无能的小动物，缩着脖子只在呆想中让时间赶到头里，拖着自己半蛰伏的灵魂。接到你第一封信后我又重新发热伤风过一次，这次很规矩的躺在床上发冷，或发热，日子清苦得无法设想，偏还老那么悬着，叫人着一种无可奈何的急。如果有天，天又有意旨，我真想他明白点告诉我一点事，好比说我这种人需要不需要活着，不需要的话，这种悬着日子也不都是侈奢？好比说一个非常有精神喜欢挣扎着生存的人，为什么需要肺病，如果是需要，许多希望着健康的想念在她也就很侈奢，是不是最好没有？死在长沙雨里，死得虽未免太冷点，往昆明跑，跑后的结果如果是一样，那又怎样？昨天我们夫妇算算到昆明去，现在要不就走，再去怕更要落雪落雨发生问题，就走的话，除却旅费，到了那边时身上一共剩下三百来元，万一学社经费不成功，带着那一点点钱，一家子老老小小流落在那里颇不妥当，最好得等基金方面一点消息。……

可是今天居然天晴，并且有大蓝天，大白云，顶美丽的太阳光！我坐在一张破藤椅上，破藤椅放在小破廊子上，旁边晒着棉被和雨鞋，人也就轻松一半，该想的事暂时不再想它，想想别的有趣的事：好比差不多二十年前，我独自坐在一间顶大的书房里看雨，那是英国的不断的雨。我爸爸到瑞士国联开会去，我能在楼上嗅到顶下层楼下厨房里炸牛腰子同洋咸肉，到晚上又是在顶大的饭厅里（点着一盏顶暗的灯）独自坐着（垂着两条不着地的腿同刚刚垂肩的发辫），一个人吃饭一面咬着手指头哭——闷到实在不能不哭！理想的我老希望着生活有点浪漫的发生，或是有个人叩下门走进来坐在我对面同我谈话，或是同我同坐在楼上炉边给我讲故事，最要紧的还是有个人要来爱我。我做着所有女孩做的梦。而实际上却只是天天落雨又落雨，我从不认识一个男朋友，从没有一个浪漫聪明的人走来同我玩——实际生活上所认识的人从没有一个像我所想象的浪漫人物，却还加上一大堆人事上的纷纠。

话说得太远了，方才说天又晴了，我却怎么又转到落雨上去？真糟！肚子有点饿，嗅不着炸牛腰子同咸肉更是无法再想英国或廿年前的事，国联或其他！

方才念到你的第二信，说起爸爸的演讲，当时他说的顶热闹，根本没有想到注意近在自己身边的女儿的日常一点点小小苦痛比那种演讲更能表示他真的懂得那些问题的重要。现在我自己已做了嬷嬷，我不愿意在任何情形下把我的任何一角酸辛的经验来换他当时的一篇漂亮话，不管它有多少风趣！这也许是我比他诚实，也许是我比他缺一点幽默！

好久了，我没有写长信，写这么杂乱无系统的随笔信，今晚上写了这许多，谁知道我方才喝了些什么，此刻真是冷，屋子里谁都睡了，温度仅仅五十一度，也许这是原因！

明早再写关于沅陵及其他向昆明方面设想的信！

又接到另外一封信，关于沅陵我们可以想想，关于大举移民到昆明的事还是个大悬点挂在空里，看样子如果再没有计划就因无计划而在长沙留下来过冬，不过关于一切我仍然还须给你更具体的回信一封，此信今天暂时先拿去付邮而免你惦挂。

昨天张君劢老前辈来此，这人一切仍然极其"混沌"（我不叫它做天真）。天下事原来都是一些极没有意思的，我们理想着一些美妙的完美，结果只是处处悲观叹息着。我真佩服一些人仍然整天说着大话，自己支持着极不相干的自己，以至令别人想哭！

匆匆

徽因

十一月九日至十日

致张兆和（一九四九年一月三十日）

卅七年末北平围城时从清华园寄城中。徽。交三姐（指张兆和）。

三小姐：

收到你的信，并且得知我们这次请二哥出来，的确也是你所赞同的，至为欣慰。这里的气氛与城里完全两样，生活极为安定愉快。一群老朋友仍然照样的打发日子，老邓（清华大学哲学系邓以蛰教授）、应铨（程应铨，时为清华大学建筑系讲师）等就天天看字画，而且人人都是乐观的，怀着希望的照样工作。二哥到此，至少可以减少大部分精神上的压迫。

他住在老金家里。早起八时半就同老金一起过我家吃早饭；饭后聊天半小时，他们又回去；老金仍照常伏案。

中午又来,饭后照例又聊半小时,各回去睡午觉。下午四时则到熟朋友家闲坐;吃吃茶或是(乃至)有点点心。六时又到我家,饭后聊到九时左右才散。这是我们这里三年来的时程,二哥来此加入,极为顺利。晚上我们为他预备了安眠药。由老金临睡时发给一粒。此外在睡前还强迫吃一杯牛奶,所以二哥的睡眠也渐渐的上了轨道了。(以上为梁思成所写,以下为林徽因所写。)

徽因续写:

二哥第一天来时精神的确紧张,当晚显然疲倦,但心绪却愈来愈开朗,第二天人更显愉快。但据说仍睡得不多,所以我又换了一种安眠药交老金三粒(每晚代发一粒给二哥),且主张临睡喝热牛奶一杯。昨晚大家散得特别早。今早他来时精神极好,据说昨晚早睡,半夜"只醒一会儿"。说是昨夜的药比前夜的好,大约他是说实话不是哄我。看三天来的进步,请你放心他的一切。今晚或不再给药了,我们熟友中的谈话多半都是可以解除他那些幻想的过虑的,尤以熙公(清华大学教授张奚若。)的为最有力,所以在这方面他也同初来时不同了。近来因为我病老金又老,在我们这边吃饭,所以我这里没有什么客人,他那边更少人去，清静之极。今午二哥大约到念生（指罗念生。）家午饭。噜噜嗦嗦写了这大篇，无非是要把确实情形告诉你放心，"语无伦次"一点，别笑话。

这里这几天天晴日美，郊外适于郊游闲走，我们还要设法要二哥走路——那是最可使他休息脑子，而晚上容易睡着的办法，只不知他肯不肯，即问。

思成　徽因同上

您自己可也要多多休息才好，如果家中能托人，一家都来这边，就把金家给你们住，老金住我们书房也极方便。

致梁思庄（一九三六年夏）

思庄：

　　来后还没有给你信，旅中并没有多少时间。每写一封到北平，总以为大家可以传观，所以便不另写。连得三爷（指林徽因的三弟林恒，时住梁家。），老金等信，给我们的印象总是一切如常，大家都好，用不着我操什么心，或是要赶急回去的。但是出来已两周，我总觉得该回去了，什么怪时候，赶什么怪车都愿意，只要能省时候。尤其是这几天在建筑方面非常失望，所谓大寺庙不是全是垃圾，便是已代以清末简陋的不相干房子，还刷着蓝白色的"天下为公"及其他，变成机关或学校。每去一处都是汗流浃背的跋涉，走路工作的时候又总是早八至晚六最热的时间里。这三天来可真真累得不亦乐乎。吃得也不好，天太热也吃不大下。因此种种，我们比上星期的精神差多了。

上星期劳苦功高之后，必到个好去处，不是山明水秀，就是古代遗址眩目惊神，令人忘其所以！青州外表甚雄，城跨山边，河绕城下，石桥横通，气象宽朗，且树木葱郁奇高。晚间到时山风吹过，好像满有希望，结果是一无所得。临淄更惨，古刹大佛有数处。我们冒热出火车，换汽车，洋车，好容易走到，仅在大中午我们已经心灰意懒时得见广个北魏石像！庙则统统毁光！

你现在是否已在北屋暂住下，Boo（梁思庄的女儿吴荔明的乳名。）住那里？你请过客没有？如果要什么请你千万别客气，随便叫陈妈预备。思马一（梁思成的五妹思懿的绰号。）外套取回来没有？天这样热，I can't quite imagine（我不能想象。）人穿它！她的衣料拿去做了没有？都是挂念。匆匆

二嫂

整天被跳蚤咬得慌，坐在三等火车中又不好意思伸手在身上各处乱抓，结果浑身是包！

致梁再冰（一九三七年七月）

宝宝：

妈妈不知道要怎样告诉你许多的事，现在我分开来一件一件的讲给你听。

第一，我从六月二十六日离开太原到五台山去，家里给我的信就没有法子接到，所以你同金伯伯，小弟弟（指金岳霖和梁从诫。）所写的信我就全没有看见。（那些信一直到我到了家，才由太原转来。）第二，我同爹爹不止接不到信，连报纸在路上也没有法子看见一张，所以日本同中国闹的事情也就一点不知道！

第三，我们路上坐大车同骑骡子，走得顶慢，工作又忙，所以到了七月十二日才走到代县，有报，可以打电报的地方，才算知道一点外面的新闻。那时候，我听说到北平的火车，平汉路同津浦路已然不通，真不知道多着急！

第四，好在平绥铁路没有断，我同爹就慌慌张张绕到大同由平绥路回北平。现在我画张地图你看看，你就可以明白了。请看第二版第三版（原信如此。附图标号为①②。）

注意万里长城，太原，五台山，代县，雁门关，大同，张家口等地方，及平汉铁路，正太铁路，平绥铁路，你就可以明白一切。

第五（现在你该明白我走的路线了），我要告诉你我在路上就顶记挂你同小弟，可是没法子接信。等到了代县一听见北平方面有一点战事，更急得了不得。好在我们由代县到大同比上太原还近，由大同坐平绥路火车回来也顶方便的（看地图）。可是又有人告诉我们平绥路只通到张家口，这下子可真急死了我们！

第六，后来居然回到西直门车站（不能进前门车站），我真是喜欢得不得了。清早七点钟就到了家，同家里人同吃早饭，真是再高兴没有了。

第六（原信有两个"第六"。），现在我要告诉你这一次日本人同我们闹什么。

你知道他们老要我们的"华北"地方，这一次又是为了点小事就大出兵来打我们！现在两边兵都停住，一边在开会商量

"和平解决",以后还打不打谁也不知道呢。

　　第七,反正你在北戴河同大姑,姐姐哥哥们一起也很安稳的,我也就不叫你回来。我们这里一时也很平定,你也不用记挂。我们希望不打仗事情就可以完;但是如果日本人要来占北平,我们都愿意打仗,那时候你就跟着大姑姑那边,我们就守在北平,等到打胜了仗再说。我觉得现在我们做中国人应该要顶勇敢,什么都不怕,什么都顶有决心才好。

　　第八,你做一个小孩,现在顶要紧的是身体要好,读书要好,别的不用管。现在既然在海边,就痛痛快快的玩。你知道你妈妈同爹爹都顶平安的在北平,不怕打仗,更不怕日本。过几天如果事情完全平下来,我再来北戴河看你,如果还不平定,只好等着。大哥(指梁再冰的大表哥。)、三姑过两天就也来北戴河,你们那里一定很热闹。

　　第九,请大姐(指梁再冰的大表姐。)多帮你忙学游水。游水如果能学会了,这趟海边的避暑就更有意思了。

　　第十,要听大姑姑的话。告诉她爹爹妈妈都顶感谢她照应你,把你"长了磅"。你要的衣服同书就寄来。

妈妈

致梁再冰（一九四一年六月）

鼓励你读书的嬷嬷很不希望这个可敬的袋鼠成了你将来的写照。喜欢读书的你必需记着同这漫画隔个相当的距离，否则……最低限度，我是不会有一个女婿的。（此信书于一幅送给女儿梁再冰的漫画旁。由于当时梁再冰过于爱看小说，有高度近视的危险，林徽因故以此方式对其委婉劝导。）

你的妈妈在病中

卅年六月里

致梁思成信（一九五三年三月十七日）

思成：

今天是十六日，此刻黄昏六时，电灯没有来房很黑又不能看书做事，勉强写这封信已快看不见了。十二日发一信后仍然忙于碑的事。今天小吴老莫都到城中开会去，我只能等听他们的传达报告了。讨论内容为何，几方面情绪如何，决议了什么具体办法，现在也无法知道。昨天是星期天，老金不到十点钟就来了，刚进门再冰也回来，接着小弟来了，此外无他人，谈得正好，却又从无线电中传到捷克总统逝世消息。这种消息来在那样沉痛的斯大林同志的殡仪之后，令人发愣发呆，不能相信不幸的事可以这样的连着发生。大家心境又黯然了，……

中饭后老金小弟都走了。再冰留到下午六时，她又不在三月结婚了，想改到国庆，理由是于中干（林徽因梁思成长女梁再冰的丈夫。)说他希望在广州举行。那边他们两人的熟人多，条件好，再冰可以玩一趟。这次他来，时间不够也没有充分心理准备，六月又太热。我是什么都赞成。反正孩子高兴就好。

我的身体方面吃得那么好，睡得也不错，而不见胖，还是爱气促和闹清痰打"呼噜出泡声"，血脉不好好循环冷热不正常等等，所以疗养还要彻底，病状比从前深点，新陈代谢作用太坏，恢复的现象极不显著，也实在慢，今天我本应该打电话问校医室血沉率和痰化验结果的，今晚便可以报告，但因害怕结果不完满因而不爱去问！

学习方面可以报告的除了报上主要政治文章和理论文章外，我连着看了四本书都是小说式传记。都是英雄的真人真事。……

还要和你谈什么呢？又已经到了晚饭时候，该吃饭了，只好停下来。(下午一人甚闷时，关肇业来坐一会儿，很好。太闷着看书觉到晕昏。) (十六日晚写)

十七日续　我最不放心的是你的健康问题，我想你的工作一定很重，你又容易疲倦，一边又吃 Rimifon (雷米封，一种防治结核病的药。)不知是否更易累和困，我的心里总惦着，我希望你停 Rimifon 吧,已经满两个半月了。苏联冷,千万注意呼吸器官的病。

昨晚老莫回来报告,大约把大台(指人民英雄纪念碑的基座。)改低是人人同意,至于具体草图什么时候可以画出并决定,是真真伤脑筋的事,尤其是碑顶仍然意见分歧。

徽因匆匆写完三月十七午